勃朗宁夫人十四行诗集
汉译七言律诗

[英] 伊丽莎白·芭蕾特·勃朗宁 / 著

张湘平 / 译注

张馨 / 点评

花山文艺出版社

图书在版编目 (CIP) 数据

勃朗宁夫人十四行诗集汉译七言律诗 / (英) 伊丽莎白·芭蕾特·勃朗宁著；张湘平译注；张馨点评 . -- 石家庄：花山文艺出版社，2024.2

ISBN 978-7-5511-6997-4

Ⅰ.①勃… Ⅱ.①伊… ②张… ③张… Ⅲ.①十四行诗—诗集—英国—近代②英语诗歌—文学翻译—七言律诗—研究 Ⅳ.① I561.24 ② I052

中国国家版本馆 CIP 数据核字（2024）第 014091 号

书　　名：**勃朗宁夫人十四行诗集汉译七言律诗**
　　　　　BOLANGNING FUREN SHISIHANGSHIJI HANYI QIYANLÜSHI
著　　者：〔英〕伊丽莎白·芭蕾特·勃朗宁
译 注 者：张湘平
点 评 者：张　馨

责任编辑：梁东方
封面设计：邓小林
美术编辑：王爱芹
出版发行：花山文艺出版社（邮政编码：050061）
　　　　　（河北省石家庄市友谊北大街 330 号）
销售热线：0311-88643299/96/17
印　　刷：三河市中晟雅豪印务有限公司
经　　销：新华书店
开　　本：710 毫米 ×1000 毫米　1/16
印　　张：13.5
字　　数：200 千字
版　　次：2024 年 2 月第 1 版
　　　　　2024 年 2 月第 1 次印刷
书　　号：ISBN 978-7-5511-6997-4
定　　价：75.00 元

英国维多利亚时代最著名诗人：伊丽莎白·芭蕾特·勃朗宁

张湘平

序一：传统七律译英诗

曾少立

　　勃朗宁夫人原名伊丽莎白·芭蕾特，是英国维多利亚时代最著名的女诗人。她 1806 年出生于一个富裕的农庄主家庭，从小爱好文学，十五岁时因坠马伤了脊椎，长年瘫痪在床，身体虚弱。期间又遭遇了母亲的去世和弟弟的意外夭亡。不幸的命运使得她心情黯淡，随时在等待死神的降临，而唯一支撑她的是诗歌创作。她的诗确实改变了她的命运。在她三十九岁时，比她小六岁的年轻诗人勃朗宁读到她的诗篇，开始与她通信并爱上了她。爱情的力量促使了奇迹的发生，她的健康得到极大的恢复，竟然能够下床行走了，后来不需要搀扶也能上街。尽管她也非常爱勃朗宁，但因为残疾和年龄偏大所造成的自卑，她一开始并没有接受勃朗宁的求婚。后来随着健康的恢复，自信心的增强，他们终于结婚了。《勃朗宁夫人〈十四行诗集〉》正是她写于结婚前的这段恋爱的日子里，一共有四十四首诗，它们互相独立又互相关联，整体上可以看作是爱情组诗。这些诗被誉为自莎士比亚以来最好的十四行诗，是勃朗宁夫人的代表作之一。它们非常真实地记录了作者在死神与爱神之间的徘徊，在对爱的自卑与渴望之间的纠结。这些复杂微妙的心绪，读者从最开头的几首诗就能强烈地体会出来。在阅读之前，了解这一创作背景，特别是了解作者的人生状况和微妙复杂的心路历程，对于深入理解这些诗歌作品至关重要。

《勃朗宁夫人〈十四行诗集〉》有许多中译版本，其中较早和较著名的如翻译家方平先生的译本。遗憾的是，这些译本几乎都是白话诗，虽然大多保留了十四行的形式且较忠实于原作内容，却没有格律甚至不押韵，以至于诗味寡淡，与原作相去甚远。近年来，随着传统诗词的复兴，一些人开始尝试用中国传统诗歌的形式来翻译外国诗歌，张湘平是这些译者中非常年轻的一位。他不仅用七律翻译了本书，还在早些时候用七绝翻译了印度著名诗人泰戈尔的哲理诗名作《飞鸟集》（三百二十五首）。

十四行诗是西方诗歌中最典型的格律体，七律则是中国传统诗歌中最典型的格律体。张湘平以七律来翻译勃朗宁夫人的十四行诗，是非常具有洞见的选择。除了两者均是格律体这个重要因素之外，还有几点也非常值得一提：

第一是两者的容量相当。中国传统诗歌的特点是高度凝练，言简意丰，尤以七律最为典型。英文的十四行诗看似体量较大，但以一首五十六字的七律来翻译，基本可以将其主要内容涵括，不至于出现较多的遗漏或增广。

第二是两者章法结构上的高度吻合。西方十四行诗分英国式和意大利式两大类，与莎士比亚等人的英式十四行诗不同，勃朗宁夫人的这些十四行诗是意大利式的。其最大的特征是前八后六，即前面八句与后面六句不管是在用韵上还是在诗意上都有明显的转折。而中国的七律所讲究的也正是"起承转合"，即从第三联开始"转"。两者都存在一个中腰转折，在结构章法上是高度吻合的。

第三是两者的流行程度相称。十四行诗是西方非常流行的格律诗，而七律则是中国非常流行的格律诗。如果用七言八句中间换韵的古体来翻译，虽然与意大利式十四行诗也较为匹配，但对读者来说则未免过于陌生了。

基于以上三个原因，张湘平选择用七律的形式来翻译《勃朗宁夫人〈十四行诗集〉》，可以说是非常"得体"的。

至于七律译诗与白话译诗的比较，只需要举任何一首诗为例即可看出。例如对第三十四首诗的翻译，张湘平的译诗如下：

虽怀恋慕听君呼，只怕缘轻应允辜。
弱质摧残婴痛苦，青春孤寂损欢愉。
不眠思绪驰天地，难解孤凉待院隅。
但念今生郎召唤，沸腾热血两心扶。

翻译家方平先生的译诗如下：

怀着当初一模样的心情，我说，
我要答应你，当你叫我的小名。
唉，这分明是空的愿心！我的心
还能是一模样——饱受了人生的磨折？
从前，我听得一声喊，就扔下花束，
要不，从游戏里跳起，奔过去答应，
一路上都是我的笑容笑声在致敬，
眼星里还闪烁着方才那一片欢乐。
现在我应你，我舍下一片沉重的
忧思，从孤寂里惊起。可是，我的心
还是要向你飞奔，你不是我一种的

善，而是百善所钟！我最可爱的人，

你把手按着我的心口，同意吗：孩童的

小脚从没跑得这么快——像这血轮。

可以看出，方译虽然也有押韵的迹象，但韵感和诗味都远不及张译。这不是方译一个版本的问题，事实上这可以说是白话译诗的天然缺陷。这也反证了以中国传统诗歌形式翻译外国诗的巨大优势。也许正是此种缘故，近年来以中国传统诗歌翻译外国诗的译者越来越多，其中出现了非常优秀的译作如眭谦、钟锦等人所译的古波斯诗人莪默的《鲁拜集》。

需要指出的是，用七律翻译勃朗宁夫人的十四行诗，对张湘平这位二十多岁的年轻诗人兼译者来说，无疑是非常艰巨的挑战：

首先，勃朗宁夫人命运坎坷，其爱情心理较常人更为复杂，掺杂着自卑与渴望等微妙情绪，这要求译者要有较丰富的人生阅历方能准确理解和把握。

其次，则是要求对英文原作包括文字、寓意、典故、格律的全方位的深度理解。

最后，七律是中国传统诗歌中很流行却又很难写的一类诗体，它以典雅厚重见长，中间两联要求对仗，对作者的文言能力和古典文学修养有很高的要求。

因此，可以说，年轻的译者张湘平已经做得很不错了，相信他将来会做得更好。

2020 年 7 月 31 日于湖南·长沙

【注释】

曾少立，网名李子，工学硕士，1964年出生于赣南山区，现居北京。当代诗词写作者，中南民族大学客座教授，《诗词家》编委。作品风格极其独特，被诗词界、学术界称为"李子体"，广受中外学者关注和争议。作品集有《李子词》《21世纪新锐吟家诗词编年》之《李子诗词编年集》，译著有美国比尔·波特《黄河之旅》《寻人不遇》（与人合译）等。

序二：英诗名著译新篇

张树伟

得知张湘平的又一部英诗译著即将付梓，着实为他的成绩深感高兴。湘平的父亲张馨是我的挚友，湘平是我的子侄辈。由于张馨在桓仁县主持田桓铁路建设近六年，他家人来东北避暑，因为业务关系和文学爱好，我们成了很好的朋友。我对他们一家的情况逐渐知道的较多一些，对湘平有很深的印象。湘平是青年才俊，我很看好他的前途，对他的未来充满信心，并寄予厚望。

（一）初呈建树正华年

2015 年 7 月，张湘平二十二岁的年纪就获得天津科技大学国际经济与贸易和美国纽约州库克大学工程管理专业双学士学位，到现在2020 年二十六岁多的年纪已经具有了驻国外公司四年多的工作经历，获得了经济师职称，考上了国家房建一级建造师，还成为中国发明家协会会员。在《科技与管理》《社会科学》等杂志上发表学术论文《人民币国际化对我国对外贸易的影响》《中国货币国际化与对外贸易关系》等。参编《铁路建设项目水土保持施工及验收规程》。获得国家知识产权局授权实用新型专利六项（其中两项独著、四项合作）。还有八项发明专利已进入国家知识产权局实审，有两项国际发明专利已进入审查阶段。在外国语言上，他精通英语，正在学习俄语和阿拉伯语。就凭这些表现就足以说明湘平起点不凡，才能卓越，奋发向上，年轻有为，成绩突出，这已经足以令人称赞和羡慕。

但，岂止于此。在文学创作上，他系天津市作家协会、天津市诗词学会会员。在《工人日报》《人民铁道》《中镇诗词》《天津诗词》《中国铁路文艺》《艺术家》等报刊发表新诗、散文诗、散文、旧体诗词和中篇小说，出版新诗集《意象世界》一部、旧体诗词集《丝路雅韵》一部，译著印度著名诗哲、亚洲第一位诺贝尔文学奖获得者泰戈尔《〈飞鸟集〉汉译七言绝句》一部，还编著了《望湘津客编年大传》（待出版）。这些文学方面的表现和成绩同样足以令人赞美和敬佩。文学创作的特异表现足以说明他潜质深厚，才华横溢，文思泉涌，勤奋耕耘，成绩斐然。湘平不但是一个专业人才，而且是文理全才。任谁都会对他青俊华年就已经有了良好的表现和丰硕的成绩惊叹不已。真是后生可畏，前途无量。

更为令人惊奇的是湘平的父母都是文理全才。他父亲张馨是矿业建设和铁路建设的组织、指挥者，更是颇有建树和贡献的专家型人才，有五部科技专著面世，百余项实用新型和发明专利获得国家知识产权局授权，还获得三项国际专利；同时他是河北省作家协会和中华诗词协会会员，有两部长篇小说、三部诗词集出版。湘平的母亲李贵耘老师有教育科学方面的论文发表，同时是中学高级教师，也是河北省作家协会和中国散文协会会员，有两部长篇小说（与张馨合著）、一部散文集出版。一个三口之家，人人都是文理高才。这是一个难以见到、难能可贵的家庭。典型的家庭式人才团现象能否诠释湘平成为文理全才的原因呢？我想原因是多方面的。聪明才智、勤奋努力、环境氛围都不可缺少。

人才的本质是创造。湘平的理科成果诸如发明专利、科技论文都由创新、发明得来，这都是创造。而文学作品的写作是创作，也是创造，是一种"诗有别材"的独特的创造。

（二）译著名诗似涌泉

湘平在译著泰戈尔《〈飞鸟集〉汉译七言绝句》之后，紧接着又用七言律诗的体裁译著勃朗宁夫人的《十四行诗集》。西洋的十四行诗和其他诗体的诗歌从其诗节、诗句、诗格、诗韵等诸多方面来看与中华传统诗词相比当属于自由诗一类，仅仅与中国古代的骚体诗、元杂剧、元曲各有一定的可比性。一般的西洋诗汉译出的体态格式也都是自由诗，虽然有郭沫若等人用中国古体诗、赋体、骚体体式翻译过外国的诗歌，但是只能说明几点：

一是如此翻译的人很少，翻译数量很少。

二是主要以直译为多，称为翻译是恰当的，很难称为译著。

三是用中国古代近体诗的绝句和律诗专著式的大量的译著外国诗歌几乎没有见到，也没有听谁说过。

十四行诗汉译早期音译为商籁体，是一种抒情短诗，是欧洲著名的古体格律严谨的抒情诗体，彼特拉克的创作使其臻于完善，又称彼特拉克体。这种诗体最初流行于意大利，后流传到欧洲各国。《勃朗宁夫人十四行诗》是著名作家伊丽莎白·芭蕾特·勃朗宁用经典的诗体创作的世界著名作品。

按常情来说，如有感兴趣的人也只是阅读一下欣赏一番也就浅尝辄止了。而湘平精通英语，可以直接阅读原著欣赏，但他没有停留于此。他想到的是译著这部名著，并且用七言绝句在译著泰戈尔《飞鸟集》之后再用七言律诗的诗体译著《勃朗宁夫人十四行诗》，继续开拓，探索不止。仅仅是能够想到就是一个创意，而敢想、能想，并设置目标，这就了不起。思路决定出路，思路决定前途。敢做、敢写，并写了出来。敢于对外国名著用中国特色进行体裁有差、诗语迥异的翻译创作，这本身就是高难度的再创造。这是湘平文学创作的魄力，这种魄力来自他积极进取的人生理念，来自深厚的潜质、底气和素养。常人假如想到了译著的话会有小鱼串大串的顾虑，而湘平似乎没有这样的顾虑，他做得得心应手，运笔自如。这足以反映出他的功底深厚、笔力健朗。艺高胆大，能者敢为，这些都印证了湘平的胆识魄力、素质功力。

（三）律韵中西相媲美

十四行诗有人称作西洋诗，是西洋古典格律诗，其严格程度不亚于中华古典诗词的格律。二者有一定的可比性。试将西洋古典十四行诗与中华古典诗词中的七言律诗做一下比较就可见其中的端倪：

一是十四行诗句数为十四行，七律为八句。诗句诗行皆有定数。

二是十四行诗的音节音步因为是拼音文字，在其中的特定体式中要求为有定数的音节和音步，七律的音节因为汉字一字一音一般为双音节、单音节等音步。音节、音步、字数都有定数。

三是西洋十四行诗虽然没有平仄声的概念，但讲究音节的轻重、语音搭配起伏；七律诗有平仄音调的起伏交错、相对相粘。两者都讲究诗句的波澜起伏、抑扬顿挫。

四是十四行诗是必须押韵的。押韵有多种格式，可以说是丰富多彩的，有交韵（又叫交叉韵、换行韵）（ABAB）、抱韵（又叫首尾韵、环抱韵）（ABBA）、随韵（又叫连续韵）（AABB）、叠韵（又叫重叠韵）

（AA）等。是有规律性的多韵体。七律诗除首句可押韵可不押韵外，其余单句不押韵，双句押韵，押韵与不押韵的句尾字平仄相反。是一韵到底，不能换韵。

五是十四行诗可分为前后两个部分，即前八句后六句，也可按句数分为几个诗节，如：四、四、三、三；四、四、四、二等。七律诗每两句为一联，第一、二句叫首联，第三、四句叫颔联，第五、六句叫颈联，最后两句叫尾联。两者都精于结构的设计，写作时都有起承转合的规约。

六是十四行诗的体式种类很多，有彼特拉克体、斯宾塞体、莎士比亚体等。七律诗按平声韵、仄声韵，平起、仄起，首句入韵、不入韵等也有多种格式。

七是十四行诗因为是拼音文字不会有中华诗词对仗的句式和格律，但诗里行间明显可见呼应对应的现象。七律诗通常是中间两联必须对仗，但也有前两联对仗的，有后两联对仗的，有前后两联对仗的。

那种认为西洋诗歌是没有格律的不押韵的说法是不对的，从十四行诗来看，不但有格律而且格律内涵的丰富往往超出认知。其格律有其丰富的内涵，有其独特的风格。这也许是许多人难以想象到的。湘平正是以中国的古典格律诗来译著西洋古典格律诗。应当说这是一件富有意义的事情。以前，读者都是看到了以散文诗、自由诗的形式翻译外国自由诗的译作。现在却能看到以中国古典格律诗译著西洋古典格律诗的著作。在阅读点评译文后再阅读湘平的译著，自会有一种不同往常的新奇感觉。只是我不精通英文对勃朗宁夫人原作的押韵感知不细微，点评中的译文如能用汉语译出押韵的声调读起来的感觉会更有韵味，和译著对比阅读更会体味两者的幽奥。本来勃朗宁夫人的原诗按西洋音韵是押韵的，译出汉诗却不押韵了，怎么说也是一种缺憾，这会影响阅读欣赏效果。虽然说在翻译中这是很难的，但亦应力求做到，因为诗歌是押韵的。

（四）吟成隽永意绵绵

《勃朗宁夫人十四行诗》是爱情诗。勃朗宁夫人少有才华，十五岁时落马摔伤卧病在床。她的诗歌在英国很受欢迎。三十九岁时比她小六岁的勃朗宁给她写求爱信又去看她，开始了世界文学史上最享盛名的爱情传奇。二人书信往还开始了相恋之旅。其间勃朗宁夫人写了这些诗歌。爱情声声呼唤的神奇力量终于让卧病瘫痪在床的勃朗宁夫人重新站了起来，他们结为夫妻。直到婚后勃朗宁夫人才将珍藏的诗稿给勃朗宁看。这部感人的诗集就是勃朗宁夫人对于他们恋情的心灵独白和真实反映，是作者爱情的心灵轨迹和历程，也是世界经典恋曲。这是一个真实的爱情故事，曲折坎坷、悲喜交融、是情是歌、美丽动人。如改写成小说和戏剧更会引人入胜。四十四首十四行诗从头至尾真实地、艺术地展露了作者的心灵和情感世界。作者的心灵轨迹清晰可见，从第一首到第四十四首，我认为可以依次提炼诗眼为此书目录所显示的四十四组词语。

不难看出，女性在恋爱过程中的心灵旅程的波澜起伏在这里清晰曲折地流动，而且用诗的韵律展现出来，同时女性的顾虑犹疑、矜持细腻也展露无遗，给人以诗的美感和愉悦。

同样的是湘平的译著由于一个"译"字自然地将这段世界著名爱情传奇中一方的心灵旅程翻译给中文读者，在参照翻译家方平的译文的同时，用另一种译文形式即七律来品赏这一爱恋的委婉曲折、美丽动人的心灵世界。这增加和丰富了外国文学在中国的展示方式，扩大了读者队伍，加强了中外文学的交流。

湘平以"译著"二字给自己作品定位。先说译，有直译、意译、创译，力求准确无误完全按照原貌的翻译为直译，按照意蕴内涵翻译为意译，对原文的意涵进行深掘引申为创译。湘平在这里不可能是直译，而是综合运用意译和创译的方法。如果想看中文翻译出来的原貌就去看方平、闻一多、查良铮等人的译文，实际上只能是接近外文原文的原貌，因为十四行诗的押韵与中文不同，有"半逗句"的因素等很难做到百分之百地译出原貌。在湘平译著的泰戈尔《〈飞鸟集〉汉译七言绝句》中，由于原文多为精短的格言诗，所以湘平的译著往往需要在七绝诗中对原文的篇幅和容量进行拓展，而对《勃朗宁夫人十四行诗集》译著时必须进行凝缩。西洋诗十四行，七律诗八句，以八句对应十四行按对号入座是承载不了的，所以只能是在创译中凝缩。这就是译著。

再说译著的著。著之意，是写作，是创作。湘平直接阅读英文原文，并参阅方平、张媛、毛喻原、袁方远、张清福、张玉平、董莉等人的译文进行译著。由于凝缩的原因，还由于七律诗格律、对仗、意象、意境等原因就需要进行再创作，从而由西洋文学作品变成了中国的文学作品。所以不能简单地将湘平译著的四十四首七律诗看成是一般化的译文。我认为若叫作翻译创作还是比较恰当的。仅仅是翻译只能叫作外国文学的译文作品，而不是译者创作的文学作品。湘平的译著是在翻译的基础上进行再创作的文学作品。这就有点像国内的一种创作现象，比如歌词翻唱，自由诗形式的歌词翻唱为律绝或词曲，虽然诗体转换了，但翻唱后的律绝或词曲还是文学作品，是翻唱者创作的文学作品。所以湘平译著的四十四首七律毫无疑问就是文学作品。

有人说：诗有千解；我加一句：文有百象。一首诗有许多不同的解释。同样的一件作品，比如说小说中的一个人物形象，在不同的读者那里形象是不同的。一百个读者就有一百个哈姆莱特。湘平的译著在完全依据原诗的基础上进行了适当的艺术加工和取舍。

例如《第二十六首》：

数年玩伴竟非人，幻想长陪独昵亲。

似有似无音乐美，常消常涨爱情春。

曾经河水观清浊，现在杯泉品圣津。

上帝恩将君赐我，喜圆新梦涤凡尘。

翻译家方平汉译新诗《第二十六首》：

是幻想——并不是男友还是女伴，

多少年来，跟我生活在一起，做我的

亲密的挚友。它们为我而奏的音乐，

我不想听到还有比这更美的。

可是幻想的轻飘的紫袍，免不了

沾上人世的尘土，那琴声终于逐渐

消歇，而我也在那些逐渐隐灭的

眸子下头晕眼花。于是，亲爱的，

你来了——仿佛来接替它们。就像

河水盛入了洗礼盆、水就更圣洁，

它们的辉煌的前额、甜蜜的歌声，

都聚集在你一身，通过你而征服了我，

给予我最大的满足。上帝的礼物

叫人间最绚烂的梦幻失落了颜色。

这首诗译著得贴切、流畅、凝练、隽永，同时还富有创意。在理解了原诗基本内涵、深刻含义的前提下经营意象、营造意境。将英文诗的美的内涵转换成汉诗意蕴。勃朗宁夫人这首诗是写幻想成真，感谢有你，这从译著中恰能得到深刻的体味。

再如《第三十首》：

旦暮相交满脸春，夜来泪眼总伤神。
寺僧施礼祭坛匐，情侣空房境界贫。
回味誓言难入梦，担心好运可成真？
迟疑不决多周折，畏惧光华坐待晨。

翻译家方平汉译新诗《第三十首》：

今晚，我泪眼晶莹，恍惚瞧见了
你的形象；然而不是今朝，我还看到
你在笑？爱人，这是为什么？是你，
还是我——是谁叫我黯然愁苦？
一个浸沉在欢颂和崇拜中的僧侣
把苍白无知觉的额头投在祭坛下，
或许就这样俯伏。正像他耳内轰响着
"阿门"的歌声；我听得你亲口的盟誓，
心里却一片怔忡不安，因为不见你
在我的眼前。亲爱的，你当真爱我？
我当真看见了那恍如梦境的荣光，

并且经不起那强烈的逼射而感到了
眩晕？这光可会照临，就像那
盈盈的泪，一颗颗滚下来，又热又真？

　　这首原文诗写勃朗宁夫人的"真爱我否"的顾虑怀疑的心态，译著把这一心态精到而又传神地表露出来，可见译著者对原文的理解是很准确的。
　　再看《第四十一首》：

常忆曾蒙滴水恩，诗词文赋写踪痕。
良人伫听低沉曲，大众围观热闹门。
吾魄全投新岁月，君身尽付美家园。
三生有幸逢知己，爱恋前头待细论。

翻译家方平汉译新诗《第四十一首》：

我满怀着感激和爱，向凡是在心里
爱过我的人们道谢。深深的感谢啊，
好心的人们，打牢墙外经过，驻足
听取我三两声稍微响亮些的音乐，
这才继续赶路，奔赴市场或是圣殿、
各自的前程，再无从召唤。可是你，
当我的歌声低落了、接不上了，代之以
哭泣，你却叫神的最尊贵的乐器
掉在脚下，倾听我那夹杂在泪珠里的

怨声……啊，指点我，该怎么报答
你的恩情吧！怎么能把这一片
回旋荡漾的情意奉献给未来的
岁月，由它来给我表白，向耐久的
爱情致敬，凭着那短暂的人生！

　　七律用中国元素解读英文诗含义，使中文读者有了亲切感，也易于
理解，既然不是直译就不必拘泥于直译，用七律也难以直译。就以意
译、创译、创作为主要手法，自然给译著留有许多空间和回旋余地，译
著者可以伸展触角拓展译著的园地。诗词歌赋、三生有幸是汉文成语用
于译著的汉诗中就将英文作品嫁接成了地道的中文作品。
　　湘平译著的七律中不乏佳句，很值得品味。如第三十首："回味誓
言难入梦，担心好运可成真。"第四十一首："良人伫听低沉曲，大众
围观热闹门。"就是可圈可点的佳句。再试举几例。第二首中："何逃
旧痛深深重，怎避新愁点点殊。"勃朗宁夫人在逢遇爱情之后本应喜悦
但又忧愁，身残年龄偏大，自认为不允许谈情说爱。湘平的这两句诗正
反映了勃朗宁夫人这一心态。第六首中："天涯托梦留香气，海角凭鸥
幻彩虹。"写出了勃朗宁夫人幻想分手后的情形。第十首中："满眼卑
微随夜散，一腔信念伴晨生。"勃朗宁夫人在勃朗宁求爱后心灵经历了
自卑、忧虑、退却、推却、迎接、拒绝等复杂的心理活动过程，逐渐感
受到爱情的美好而且她是应该接受的，她在本首诗就写道："只要是爱，
是爱，可就是美。"湘平的这两句诗就是写出了此时勃朗宁夫人的心理
状态。第四十三首中："许以终身谁作证？妞维峰顶自相望。"按时间
顺序写恋爱的心灵历程，到这时勃朗宁夫人发出了永远爱你的心声，这
两句诗恰是这一心声的真实表露。又如第三首："歌手成名从夜色，乐

师出彩步朝晖。"第四首："蟋蟀开吟增月色，夜莺止唱迓朝霞。"第十三首："狂风呼啸千重浪，野火绵延百里龙。"这些佳句都富有韵味。篇幅所限，不多举例。从其中可以看出湘平的七律诗格律严谨，对仗工整，起承转合自然，诗语凝练流畅，韵味浓郁隽永，笔法娴熟，展现出了原诗婉约绮丽的韵致。在对照阅读勃朗宁夫人十四行诗和湘平译著的七律诗的过程中会享受到一种特殊的美感：西洋古典自由格律诗与中华古典格律诗词并蒂花开，中西合璧。

写到此，我将四个小标题连缀成诗，结束这篇序言：

初呈建树正华年，译著名诗似涌泉。

律韵中西相媲美，吟成隽永意绵绵。

2020 年 3 月 10 日于辽宁省桓仁满族自治县

【注释】

张树伟，曾任桓仁满族自治县作家协会主席，本溪市作家协会副秘书长，郁灵诗社社长，本溪市诗词学会副会长。著有诗集《山情水韵》、诗词集《满乡柳枝词》等。

序三：常作情诗爱永生

刘功业

这是一部张馨和张湘平父子合作的作品。

青年诗人张湘平是在爱好文学的父母影响下成长起来的。他从学生时代就开始学习写作。大学毕业后，在工作之余创作了大量的诗歌、散文，以及古典诗词，出版过一部诗词习作选。他用一个青年诗人的独特眼光，融入自己的人生感悟和情感历练，沉浸在他的艺术世界里。他用中国古典诗体翻译英国十九世纪著名女诗人勃朗宁夫人的四十四首十四行爱情诗，成为他在古典诗词创作上的又一次有益尝试。

与张湘平的诗体译作简短的篇幅相比，父亲张馨的注释则更为丰富和广博，旁征博引，纵横开阖，夹叙夹议，甚至不惜挺身而出，为爱成篇。可见提携之意，父爱深深。

爱，是人生的最大主题。怎样享受爱情，传达爱意，成为人类最重要的情感传达艺术。语言艺术中，最简单，最直接，也是最经典的，莫过于用诗歌，传达爱情，表达爱意。我始终认为，只有一个爱字，才能写尽人生的温暖和美好。是爱，让人类有了博大的胸怀，深厚的情感。是诗歌，让那些缠绵悱恻、那些痛哭与欢乐、那些思念与焦灼、那些幸福与悲欢，有了穿越风浪，最可负载的容器。

十九世纪英国著名的女诗人勃朗宁夫人，堪称是世间以爱传情的最杰出的诗人之一。她充满活力的青春，如汁液饱满的春天，是爱，激发了爱，孕育了爱。遇见勃朗宁后便成了最幸福的女人。她有着生活的敏感，也有着非凡的才华。当她拿起承载着爱情使命的鹅毛笔，娴熟地运用古典十四行诗体，把自己热恋中的快乐、幽怨、缠绵、期盼和幸福，用一个个心灵的词语记录下来的时候，她更成为一个活在爱情中，也活在诗歌里的女人。她把一个个爱的瞬间，用文字固化下来，让诗歌鲜活起来。是爱情，也是诗歌，让她永生，在数百年来保持了永远的青春，永远的美丽。

勃朗宁夫人的十四行爱情诗，早已成为经典，有着永远常读常新的魅力。我的青年时代，许多人的青年时代，都曾被她的美丽和才华所吸引。她的这些作品，也成为诗学道路上的范本，滋养着我们的人生，滋养着我们的爱情，也滋养着我们的诗歌。

张湘平的这本译作，让我不由地想起二十世纪初的英美意象派诗歌大师庞德。他在法国巴黎写出著名的意象派诗歌代表作《地铁车站》，也因此成为现代主义的诗歌巨匠。对此，艾略特认为，埃兹拉·庞德对英语诗歌革命最持久、最具决定性的贡献，就是他翻译的中国古典诗词，其中主要是李白诗词。艾略特甚至认为，庞德发明了中国的古典诗词。这个"发明"，对于西方来说，应该是传播和光大的意思。庞德研究了中国古典诗词，吸取了很多中国古典诗歌中的意象运用手法，特别是对李白的研究，对他的翻译和诗歌创作产生了深刻的影响。在此基础上，他翻译完成了中国古诗词集《神州集》。这被称为二十世纪现代英语诗歌最为深刻的语言革命。

从庞德对李白的翻译和研究，从我们现在许多成功诗人对西方文学的不懈关注与学习，也证明了中西方文化的相互交融与影响是多么有益，多么不可遏止。不同的文明，一样的情怀，这也是一种永恒的吸引。

从这个角度来说，张湘平的尝试无疑是一种相当有益的探索。以古典的诗体，以爱情的内核，让诗歌产生更大的张力。不仅是对勃朗宁夫人十四行诗的翻译，更应该成为有艺术特质的独立的作品。

从这个高度来说，张湘平的努力还仅仅是个开始。无论是学习还是创作，后面，还有更长的路，更陡的坡，只有坚持下去，才能有丰硕的收获。

是为序。

2020 年 8 月 30 日于天津·海河西畔

【注释】

刘功业，笔名若夫。天津市作家协会主席团委员，鲁藜研究会副会长。南开大学现当代诗歌创作与欣赏特聘教师。著有诗集《星星海》《若夫诗选》，散文随笔集《寻找湖泊》等。

序四：一树花开万朵红

轩扬

　　人与人之间的缘分是很微妙的。比如我和张氏父子（即父亲张馨、儿子张湘平）的相识便是源于彼此对诗歌的热爱和执着。

　　据高铁隧道专家兼诗人张馨说，他是先读了我主编的《今日诗人诗选》后，觉得我们有诗缘，于是就互相加了微信。当张馨希望我为他儿子的汉译诗歌集写一篇序言的时候，我没有犹豫，因为我知道诗人最了解诗人，也最容易理解诗人笔下的情感脉络与诗意表达。

　　于是，断断续续用了一周时间读完了90后诗人张湘平译著的《勃朗宁夫人〈十四行诗集〉》汉译七言律诗》后，我的第一感觉就是：后生可畏……这个年轻诗人以他的才华超越了年轮的尺度，让我这个写诗多年的中年人都对他的成绩不得不臣服——臣服于他对诗歌语言的娴熟驾驭，臣服于他对古体律诗的挥洒自如，同时也臣服于他的诗歌成就，是我倾其一生都望尘莫及的艺术高度。于是，他的才华一下子就这么轻而易举地征服了我的心——如此后生，不得不让我这个写了半辈子现代诗的所谓诗人，有些惭愧，有些无地自容……这不仅是长江后浪推前浪那么简单，而是一颗冉冉升起的未来之星，将在中国诗坛大放异彩。

　　天意无怜望眼枯，一声否定犯踌躇。

何逃旧痛深深重，怎避新愁点点殊？

风暴强抽咸不屈，海涛猛打势难孤。

寸心知向云山远，冲破峰藩两手扶。

——《勃朗宁夫人〈十四行诗集〉汉译七言律诗·第二首》

　　仅这首诗就足以让人刮目相看，这是一个二十几岁小伙写的吗？纵观全诗，无论是用词造句还是韵律，都驾驭得如此老到与成熟，更别说意境和思想性了。如此才华横溢的后生，怎不让人压力重重又不得不为诗坛有如此"八九点钟的太阳"而高兴……

　　关于诗歌，我个人觉得，物我两忘的自然合一才是诗歌艺术的神来之笔，情感与文字的水乳交融才是最好的诗歌艺术。这是最理想的艺术，也是最高水平的艺术。要想达到这种状态，不仅需要自身的学习，更需要现实生活与时间的磨炼。更为重要的，就是需要天赋。对于天赋不仅是艺术门类需要，任何门类艺术、任何行业的优秀者，往往都是对这个行业有着某种常人无法企及天赋的卓越人才。虽说勤能补拙，但真正的大成者，都具有神灵一般的天赋。而诗人张湘平似乎特别具有这种"让人惊讶""使人眼前一亮"的天赋异禀，确系写古体诗的行家里手。除了他自身的努力外，他的天赋异禀也是必不可少的。然而，著名美学家朱光潜教授曾说：即使天赋异禀，也需要长久的吃苦耐劳。可见一个人的成功，努力和天赋同样重要。同时，他还提出："简洁是文章一个极可珍视的美德。"那么之于古体诗，我想，这种简洁更是宝贵的，因为诗人只能用极少的文字，呈现或囊括诗人的所有情感和想要表达的思想。这是需要智慧的，而诗人张湘平，刚好具有这种凝词练句的能力。

　　王国维在《人间词话》中，提出了人生的三种境界，即立下大志，不懈努力，终获成功。

对于诗歌创作，我觉得也有三个要素，即语言美、意境美、情感真。如"深闺两燕呢喃久，长枕双眸眷顾频"。而张湘平的诗歌，除了具备语言美、意境美、情感真外，我发现，他的诗歌还有新、奇、真等特点。如第十六首："汝如皇帝尤高贵，托付终身总拒辞。紧裹衣袍祛恐惧，密依怀抱释伤悲。功成我后帮扶急，事败君边拯救施。唤我前行当应召，身微不顾爱无疑"，就写出了当代古体诗的新；"待君凝视不言中，我自如孩静坐东。外野温煦辉丽日，内心喜悦焕娇容。胸怀广阔驱疑虑，山海恒常证寸衷。白鸽离巢凭庇护，未丰羽翼向苍穹"，呈现出来的是出乎读者意料的奇；而"爱我千言指誓天，铮铮两字道情缘。山巅岭上闻泉水，涧谷林中听杜鹃。众宿悬空光灿灿，繁花绽野美翩翩。凭窗放眼天涯望，更重灵魂守并肩"就是真了。不管他是如何写新、奇和真，他的诗都有一个共同的特征，那就是："百转柔肠生痛恨，千言密语化炎凉。唯君伴我医残病，不类他人拒不帮。"

　　一名成熟的或者说优秀的诗人，在写作形式上往往是一切语言都随从于心的，至于题材内容与情感的表达，则是因情感的自然需要而定，而不是生硬地"一成不变"。

　　事实上，无论是古体诗还是现代诗，其宗旨都是一样的，那就是诗歌的语言一定要和内在的情感联系，保持着一致。也就是说，它们都要顺从与"语言的自然流露以及音韵与节奏的和谐相宜"。

　　在当代诗人中，我较为喜欢卞之琳的《断章》这首短诗：

　　　你站在桥上看风景
　　　看风景的人在楼上看你
　　　明月装饰了你的窗子
　　　你装饰了别人的梦

短短几句看似平常朴实的文字，经过作者的智慧组合与搭配，便产生一首经得起时间考验的好诗。这首诗，好就好在，初看并无什么绮丽和波澜壮阔的语言堆砌，但仔细推敲，又韵味无穷，让人感觉意犹未尽。这就是诗歌的魅力。而短诗能吸引读者的制胜法宝，恰恰就出在意境与情感的天衣无缝之默契上。

　　记得古罗马著名政治家、哲人西塞罗曾说过：如果一个人能对着天上的事物沉思，那么，在他面对人间的事物时，他的所说所想，就会更加高尚，而诗人正是靠着文字把思想变得更加高尚的人。

　　这让我想起古代文学大师和他们不朽的名字。像屈原、陶渊明、李白、杜甫、曹雪芹等文学巨匠，他们的文学成就不仅对当时的文学事业起到推动作用，而且对后世的影响也是深远的。

　　话说远了。拉回到本书作者张湘平身上，虽说他年龄不大，但他的文学功底颇为深厚。因为对他不是很了解，所以，我也就只能就我读到的译著诗歌文本，谈谈自己肤浅的个人感受。不妥之处，还请张馨张湘平父子海涵。

　　关于如何鉴赏一首诗是好还是不好，我有自己的一套标准和尺度。我认为符合"境新、意雅、情真、语新、凝练、乐感"这十六个字的诗，就是好诗，且当属于优秀之作。反之，即使写的再云山雾罩，再朦胧华丽，再天马行空，也不能算是好诗。张湘平的诗，是我欣赏并喜欢的。说实话，在读张湘平的诗之前，我是不读当代人写的古体诗的，因为我一直有个错误的看法，就是古体诗到唐宋已经达到巅峰，后世很难超越。然而，读了张湘平的七言律诗之后，我觉得当代人也可以把古体诗写的"一览众山小"和"独上高楼"。

　　如他译著中的《第八首》，就是诗才满满，文笔与情感对接得没有雕琢的痕迹：

风流潇洒且耕耘，腹满才华迥逸群。

慷慨掏心墙外赠，矜持袖手耳边闻。

寒伧怎报深情爱，冷漠皆缘苦泪纷。

高贵头颅惭馈予，枕头垫脚任凭君。

　　这首诗第一句便让我想起了毛泽东的"数风流人物，还看今朝"。然而，当我凝神深思之后，突然发现，这"满腹才华萃逸群"，不正是诗人自身的真实写照吗？如此年轻的他，却将复杂的人生百态和爱情中情感的"重重叠叠"，看得如此透彻，如此"瘠贫怎报绵情爱"，把世间最美好的深情厚谊，诠释得淋漓尽致，又恰到好处，不仅让我看到了作者的智慧，同时也诠释了另一个道理：爱无国界。而其父亲张馨的点评诗作，正是"誉满诗坛修孝悌"，更是道出了爱的可贵与珍惜。事实上，真爱不只是存活于故事与传说中的，它也发生在我们的现实生活中，而罗伯特·勃朗宁与夫人伊丽莎白·芭蕾特·勃朗宁的爱情佳话就是真爱的典范。

　　父子合作一著一评的协作模式，既相互辉映，又珠联璧合，真可谓是：铅华洗尽灵魂坦，感念忠贞两不违。不违初心，不违真情，不违对生命的"满誉诗坛"。该诗似道爱情又似说人生，可谓是一语双关，又微尘定位逊心扉。将情景与事物融为一体的诗中有画，画中有诗，这样的诗，不正是每一个诗人都渴望达到的艺术王国吗？

　　有人穷其一生都望尘莫及，而他们父子用他们的诗才与情感，以四两拨千斤的"巧"，就轻而易举地破解了。这是才华的映照，也是天赋的异禀。

如此具有才华与精彩诗作的父子，在本书的诗歌创作与点评中，比比皆是。这里就不一一论述了。请读者诸君自己去书里慢慢品读、细细咀嚼。也许不同的心情、不同的环境下，会读出与我与作者（诗人）不一样的属于自己的情感关照。不管哪一种情感需求，有一点是共性的，那就是大众化的诗（艺术），才是人们喜闻乐见的，受人追捧的好诗。纵观古今中外的文坛，大凡被时间和读者认可的经典作品，无一例外都能使人产生思想和情感上的共鸣。这种共鸣就是艺术的根，就是艺术的魂，就是情感的天平。所以才有了"艺术来源于生活，又高于生活"的价值认同。

比如我本人就比较喜欢李清照的"绿肥红瘦"以及李商隐的"相见时难别亦难，东风无力百花残"等诗句，这些经典佳句均出自优秀诗人的情感之作——即诗人情感所致的爱之心语。

总之，诗人张湘平是优秀的，小小年纪的他，成绩如此出色，才华如此出众，不仅仅体现在诗歌方面，还体现在学业与社会角色上——如此出彩的青年才俊，不得不让我为其点赞。

本书中的所有诗作，都是诗人张湘平根据《勃朗宁夫人十四行诗集》为蓝本，再以七言律诗的形式进行二次创作，可谓是量身定制。再加上其父以七言绝句形式对十四行诗集逐一进行点评，给本书增添了不少可读可解的深度阅读内容。真可谓是一书在手，诗作、翻译、点评样样俱全，既展示了诗人才华的全方位多角度，又使本书更具有阅读性和收藏价值。当然，最为可贵的是，思想性和艺术性的完美呈现给阅读它的读者，带来了视觉和心灵上的一次饕餮盛宴。

就张湘平的诗歌而言，其创作运用了借物抒情、寓情于景、直抒胸臆、抑扬顿挫或以小见大、悬念丛生、点面结合、虚实结合等艺术方法；同时，诗人在作品中还运用了象征、烘托、反衬、通感、白描、对比、想象、夸张、借代等艺术手法，在诗歌的天地中进行了如马在野的驰骋与奔腾。

最后祝他们父子俩在诗歌的康庄大道上越行越远！

是为序。

2021 年 1 月 1 日于北京·静轩斋

【注释】

轩扬，原名曹浩。出版《最后的门》《一脚门里一脚门外》《水样年华》《赢在心态与智慧》《极度领悟》《轩扬诗选》等诗集、文集和论著十八部。

目 录

第一首·爱神悄降

怀才不遇心惆怅，抱病难医骨肉疏。
偶忆田园诗意美，常悲市镇泪痕初。
青阳紧逼催年老，白发频添愧岁虚。
却被神仙身后曳：阴曹勿迈入情庐！

[1] 勃朗宁夫人原诗《No. Ⅰ》：

I thought once how Theocritus had sung

Of the sweet years, the dear and wished for years,

Who each one in a gracious hand appears

To bear a gift for mortals, old or young:

And, as I mused it in his antique tongue,

I saw, in gradual vision through my tears,

The sweet, sad years, the melancholy years,

Those of my own life, who by turns had flung

A shadow across me. Straightway I was ware,

So weeping, how a mystic Shape did move

Behind me, and drew me backward by the hair;

And a voice said in mastery while I strove， −

"Guess now who holds thee?"−"Death！" I said. But，there，

The silver answer rang，"Not Death，but Love."

［2］诗人、学者翻译家闻一多汉译新诗《第一首》：^①

> 我想起昔年那位希腊诗人，
>
> 唱着流年的歌儿——可爱的流年，
>
> 渴望中的流年，一个个的宛然
>
> 都手执着颁送给世人的礼品：
>
> 我沉吟着诗人的古调，我不禁
>
> 泪眼发花了，于是我渐渐看见
>
> 那温柔凄切的流年，酸苦的流年，
>
> 我自己的流年，轮流掷着暗影，
>
> 掠过我的身边。马上我就哭起来，
>
> 我明知道有一个神秘的模样，
>
> 在背后揪住我的头发往后掇，
>
> 正在挣扎的当儿，我听见好像
>
> 一个厉声"谁掇着你，猜猜！"
>
> "死，"我说。"不是死，是爱，"他讲。

［3］希腊诗人：指西奥克里托斯（Theocritus，约公元前 310 年~前 250 年），是西方田园牧歌的创始人。他早年在亚历山大城的诗人菲莱塔斯和阿斯克莱阿得斯门下学习。学成之后，回到家乡西西里岛从事创作。西奥克里托斯写过多种类别的诗，但最负盛名的是牧歌。他

---

① 见闻一多著，《闻一多全集·诗·白朗宁夫人的情诗》，武汉：湖北人民出版社，1993.12。

的牧歌往往以两三个牧人为角色，彼此对歌，富有一定的戏剧性，反映的是西西里农村纯朴的生活和牧人们劳动、歌唱、谈情说爱的情形，感情真挚、朴素、乐观、幽默，但诗句比较讲究辞藻，有点雕琢。他的田园牧歌共三十篇，计两千七百零一行，大部分留存下来，对西方诗歌影响甚大。从维吉尔开始，历经斯宾塞、弥尔顿、丁尼生、阿诺德等大诗人的传承创造，牧歌已成为西方文学中一种不朽的诗歌传统，就像山水田园诗已成为中国文学中代代相传的诗歌模式一样。几千年来，西方诗人每当在现实生活中遭到挫折或磨难，希望摆脱宫廷和城市，呼吸一下农村清纯的空气时，他们就会从西奥克里托斯和维吉尔那里汲取灵感的源泉；正如同样情况下，中国诗人会到陶潜或王维那里去寻求安慰，获得内心的宁静和纯洁的歌诗。

[4] 青阳：指春天。《尔雅·释天》："春为青阳。"郭璞注："气青而温阳。"

[5] 阴曹：指阴间。清·蒲松龄《聊斋志异·席方平》："席念阴曹之暗昧，尤甚於阳间，奈无路可达帝听。"清·纪昀《阅微草堂笔记·滦阳消夏录六》："此殆阴曹简便之籍，如部院之略节。"

【张馨点评】

> 爱恋身亡两愿强，婆娑泪眼怎思量？
> 忧伤昔日难回首，命运凭天判短长。

《第一首》是整个长篇组诗的序曲，它略带寓言色彩，以伤感的笔调和低沉的回忆开始。虽然诗人出生在一个富裕的资产阶级家庭，从小就显出了好学的天性和文学上的才能，但不能享受正规的学校教育。她只好废寝忘食自学希腊的史诗。在八岁时，别人刚发蒙进学校，她已经学会写诗了；十三岁就发表四卷史诗，模仿蒲伯译诗的格调，咏叹希腊的"马拉松战役"。她刻苦自修，精通了古希腊文，还学会了拉丁文和欧洲好几个国家的语言。

诗人在英国的西南部农村长大，当然爱好大自然，浓荫如盖的树林，繁花如毯的野草地，垂柳飘飘的泉溪边，都是最好的去处，也留下了美好的记忆。尤其是她爱好骑马，在平坦的绿原上奔跑，空气新鲜，鸟声婉转，长发飘扬，童年的快乐，记忆犹新。然而在十五岁那年，有一次在野外骑马，不幸从马上跌落，摔坏了脊椎，瘫痪在床上，从此失去了可贵的健康，二十多年被禁锢在房间里。只能以书本为伴，诗歌给了她些许寄托和安慰。但她的母亲在这里逝世，她的弟弟陪伴她在乡间养病，不久却溺死在她窗前望得见的那条河里……不幸一个接着一个，在哀痛打击下，她几个星期神志不清，阴寒潮湿的空气使她那不能动弹的身子患上了慢性疾病。她的天地本来就是狭小的，现实生活是十分残酷的，这种令人痛苦的复杂情绪，在这首序诗里显示了出来。

这是典型的意大利十四行诗模式，特点是在第八句或上下出现一个转折。这首诗的前半部是诗人简洁寥落的身影，她在认真学习和写作诗歌，在深入思考人生和社会，同时她在反思、质疑家庭、亲人和整个社会，这种思考是痛苦的，又是无奈的。这样孤独痛苦的生活却突然被一个勇敢的闯入者打断，虽然还隐瞒着她的父亲，但充满了无限的生机。诗中的"我"不是一个毫无主见的人，她经过了苦难的洗礼，虽哭泣得泪流满面，也给自己预设了死亡，却拼命挣扎，只要有一线希望，就不能心甘情愿地接受，套用鲁迅先生的两句话，不在沉默中死亡，就在挣扎中爆发。

于是在这生命的危机里，出现了全诗的两个主题：期待中的"死亡"和向她突然袭击、与"死亡"一样威猛的"爱情"。但诗人是忧伤多思的，是勇敢自持的，更是含蓄委婉的——那个爱捉弄人的命运悄悄来到身边。是不是古典神话中那个光着屁股的丘比特？他气度不凡，风度翩翩，浪漫风趣，他有力的大手抚摸她深色的秀发，她轻轻地颤抖了。她要继续思考、体念和判断。这正是勃朗宁夫人温文典雅、含蓄委婉的十四行诗与莎士比亚暴风骤雨、议论风生的十四行诗的巨大区别。两相比较，我更喜欢前者，因为其更诗意绵延，余味悠长。

为了更好地阅读理解第一首诗，在这里，我介绍一位不太计较十四行诗格律和形式，但更注重诗意表达的翻译家张嫒的译作[①]，她翻译成二十行，我抄写如下，供读者欣赏和研究：

我曾悄思岑想，忖奥克里托斯怎样咏唱，

那些静好岁月，深心向往，甜美如斯年；

年复一年，从未虚至，

为注定会死亡的众生带来这珍贵的馈赠——

不论青年还是老人，

从时光的高贵之手，又获得这珍贵一年。

我独自沉吟，古调难唱，

不禁泪眼婆娑——

我看见往昔岁月一幕幕流转眼前，

甜美时光，哀伤岁月，我生命中的绵绵愁思，

一个接一个，它们如幽灵掠过我身。

---

① 张嫒译，《勃朗宁夫人十四行诗集》（英汉双语版），北京：中央编译出版社，2015.08。

我犹独自饮泣，

突然我感到身后袭来一个神秘身影，

他拽着我的头发把我往后一拉；

我奋力挣扎，

耳边响起不容挑战的嗓音——

"猜猜看这次是谁抓住了你？"

"死亡。"我答。

但是，噢，听呐，响起了那银子一般动人的回答：

"不，不是死亡，是爱情。"

　　勃朗宁夫人的十四行诗集在中国拥有广泛的读者，女诗人林子在20世纪五六十年代是一位充满活力的少女，陆续创作了一组十四行诗，后来根据他人建议，选择了十一首在1980年1月号《诗刊》发表。这些爱情十四行诗感情深沉、细腻，以爱的真诚、纯洁和热烈，扣人心弦，在艺术上绽开了一朵别具风格的灿烂之花，引起了中国读者的强烈共鸣和喜爱，诗人林子荣获了1979～1980年全国中青年优秀新诗奖。《第一首》是这样写的：

文学的国土里有一片禁地：

关于热烈的爱情、丑恶的死亡，

都不允许高贵的笔光临。

哦，死亡，多么讨厌的字眼，

而爱情的欢乐，在这世界上

却属于我们俩。也许

我还是不说出口的好——

那和姑娘的身份多不相当；

但不知道是什么力量，日夜萦绕在心上，

吸引着我的笔，去寻找它的踪迹；

我还渴望牵着他的手……

这神秘的乐园呵，原只能是我和他

一起去游历。爱教给我大胆，因为

这赤裸的诗句只是献给他一个人的。

英国作家勃朗宁夫人十四行诗集是传奇爱情的结晶，中国诗人林子的十四行诗集《给他》同样有一段传奇的爱情：

在二十世纪五十年代初期，林子和他在南方美丽的春城昆明上中学。可能是上天赐予的缘分吧，在六、七月份，云南省教育系统组织了一次独特的高中毕业生继续升学的学习观摩团，各地几百名应届高中毕业生怀着各自的梦想，集中到昆明市郊外的西山，相互探讨和学习，度过最后一个难忘的暑假。林子和他所在的两个学校的学生正巧编在了一个中队。在一个多月的集体生活里，十八九岁青春年华的学生，在那个特殊的年代，由于一种莫名的腼腆和纯真的谨慎，并没有单独在一起谈论过表白过什么，但从彼此特别的眼神里，发现了心灵的寻找，从相互脸颊的红晕中，接应了彼此的呼应。学习团和大学招考一起结束了，他去遥远的东北上大学，林子留在昆明进入云南大学中文系。他们两人怀着未曾得到许诺却深信不疑的热望和幸福的憧憬分别了。不久后，林子果然收到了他的第一封信……可以这样说，从那时起林子的心里便写下了给他的第一行诗。

四年的大学生活，在炽热的初恋和万里迢迢的思念中一晃而过了。大学毕业后林子分配到天津工作，他在东北留校任教，依然天各一方。每年夏天他都要带学生去林区实习，只有寒假才能有时间来看林子。这种两地相思两头牵挂，直到婚后林子调到哈尔滨，才结束了长达八年的分离。在漫长的离别的岁月里，他们一直努力学习、工作，积极要求进步，将痛苦的思念化为创作的源泉，毫无保留地全部流泻在林子那充满含蓄的情诗之中。

他也爱诗，并且是她创作的诗的第一个读者和苛刻的批评家，有时候帮助她提出了很好的修改意见。从大学开始，中国的白居易、李商隐、元稹、李清照，外国的莎士比亚、聂鲁达、普希金、泰戈尔……这些文学大家光辉灿烂的爱情诗名篇曾打动着他们的心灵，开启、丰富和升华了他们真挚的感情，含蓄地传递着他们不好意思说出来的心思。他们往往在书店买到好的诗集就互相寄赠，看到别人在读的好诗作就借来工工整整抄写，连同书信一起寄给对方。在 1958 年初他寄给林子一本《白朗宁夫人抒情十四行诗集》，一下子就把林子迷住了。于是她也开始写起十四行诗来，把她心中满溢的爱，陆续寄给了他，也是信的一部分。虽然她吸取了外来的形式，但抒发的却是一个中国青年女性自己的感情。二十多年后，当林子从箱子里拿出这些诗的手写稿重新审读着它们，仍然唤起了一种新鲜的激动……她的直觉告诉自己，这些诗是有很强生命力的。但是，她的理智（其实是一种封建意识和教条的束缚）认为，写给自己爱人的情诗是属于自己的秘密，拿出来发表出去，别人会笑话的。何况，当时中国社会根本不会需要这种诗。

在林子整理这些十四行诗的过程中，她集中抄在一个小笔记本子上，并取了一个总题目《给他》。一些常到家里来的熟悉的年轻人发现了它，等不及林子全部修改完，立刻就抄去，就这样传开了。如果不是《诗刊》编辑部来信索要并集中发表了十一首，林子自己是下不了决心拿出去的。她自己也没有想到，压在箱底二十多年后，这些写给自己爱人看的情诗会公之于世，并引起读者广泛的共鸣。正在恋爱的年轻人告诉她，它为他们的爱情增添了色彩和浪漫；历尽沧桑的中年人告诉她，它使他们回忆起美好的时光和曾经的青春。一位老诗人还以诗相赠：

> 我们从来没有见过面，
> 却又觉得似曾相识。
> 啊，记起来了，记起来了，
> 在爱情诗的沙漠里，
> 你建立过一座绿洲，
> 我们的心曾在那里相遇。
> ……　……

　　这是对林子爱情十四行诗最高的褒奖。每个人都会有自己的爱情。因此，当诗人打开了自己真实的心灵时，每个人也就会从中找到他自己的真实！

　　爱情，并不是什么可有可无的东西，而是与人的生命相始终的，是人的神圣的权利。纯洁美好的爱情，伴随着人们白头到老。甚至当呼吸停止之后，"在新的生命里，它依然活着，永不停息……"人类，不就是这样延续的吗？我相信，生死不渝的爱情，会给人以巨大的力量，战胜苦难，战胜死亡，从邪恶、庸俗的泥沼中昂起头来，立在大地上。

　　那次林子整理了五十二首情诗，为第一辑（1952～1959 年）；后来她又写了三十八首，为第二辑（1978～1984 年）。于 1985 年 8 月在上海文艺出版社出版，首印三万三千册，为中国新诗开出了一朵灿烂的鲜花。

第二首·拒而不舍

天意无怜望眼枯，一声否定犯踌躇。

何逃旧痛深深重，怎避新愁点点殊?

风暴强抽威不屈，海涛猛打势难孤。

寸心知向云山远，冲破峰藩两手扶。

[1] 勃朗宁夫人原诗《No. II》：

But only three in all God's universe

Have heard this word thou hast said, — Himself, beside

Thee speaking and me listening! and replied

One of us ⋯ that was God! ⋯ and laid the curse

So darkly on my eyelids as to amerce

My sight from seeing thee, — that if I had died,

The death-weights, placed there, would have signified

Less absolute exclusion. "Nay" is worse

From God than from all others, O my friend!

Men could not part us with their worldly jars,

Nor the seas change us, nor the tempests bend;

Our hands would touch for all the mountain-bars；

And，heaven being rolled between us at the end，

We should but vow the faster for the stars.

［2］翻译家方平汉译新诗《第二首》：①

> 可是在上帝的全宇宙里，总共才只
>
> 三个人听见了你那句话：除了
>
> 讲话的你、听话的我，就是他——
>
> 上帝自己！我们中间还有一个
>
> 出来答话；那昏黑的诅咒落上
>
> 我的眼皮，挡了你，不让我看见，
>
> 就算我瞑了目，放上沉沉的"压眼钱"，
>
> 也不至于那么彻底隔绝。唉，
>
> 比谁都厉害，上帝的那一声"不行！"
>
> 要不然，世俗的诽谤离间不了我们，
>
> 任风波飞扬，也不能动摇那坚贞；
>
> 我们的手要伸过山岭，互相接触；
>
> 有那么一天，天空滚到我俩中间，
>
> 我俩向星辰起誓，还要更加握紧。

［3］压眼钱（death-weights）：英国旧俗，指人死后，在其眼皮上各放一个便士，使死者瞑目。在中国有些地方，人死后更上寿衣，如在容县一带，让死者嘴衔白银、铜钱，手抓米饭，然后用糯米饭或鸡蛋糊口，黄麻缠身，再将尸体移卧中堂旁边。在玉林市，要在死者胸前和双手各放一团糯米饭，让死者带到阴间吃。另外，在双眼各放一枚铜钱，

---

① 方平译，《白朗宁夫人抒情十四行诗集》，成都：四川人民出版社，1982.04。

俗称"压眼钱"。柳城县古砦一带，用一根纱线穿一枚铜钱放入死者的口中，称"闭口钱"，另用"白被"盖身躯，平直地放在堂屋中，等候入殓。

【张馨点评】

> 大龄才女爱神迟，病痛缠身委屈随。
> 上帝倘能垂恻隐，人生反转自相期。

一个躺在床上近乎瘫痪的年龄三十多岁快四十岁的女人，才开始有机会谈恋爱，是一件悲哀的事情。因为无论是青春的年龄，还是健康的身体，她都不占优势。她的父亲爱德华·摩尔顿·巴莱特是不同意的，她想到上帝肯定也是不赞成的。因此，在第二首诗的前半部分，是对爱的决绝的否定，没有谁能够违背最高权威上帝的旨意。但她又反过来仔细思量：如果上帝不曾驳回，那世人的俗语无法使我们分离，大海的波涛也不能改变我们，哪怕是狂风暴雨，穿过高山峻岭的藩篱，我们的双手也会相触在一起，哪怕远隔天涯，我们也以星辰为誓，紧紧偎依。这是第二首诗的后半部分。正因为有了智慧的抗争，迂回思索，才有了爱情的转机。

由此我想到了汉代司马相如和卓文君的故事：

司马相如，字长卿，蜀郡成都人，西汉著名辞赋家。他年轻时喜欢读书练剑，曾担任过汉景帝的武骑常侍，但这并不是他喜欢的职位，他觉得自己的才华没能得到赏识。后来梁孝王刘武来朝见景帝，司马相如认识了刘武的门客邹阳、枚乘等辞赋家。司马相如后来因病辞职，就去梁地做了梁孝王的宾客，也就是在此时，他为梁王写下了那篇著名的

《子虚赋》。

但是，时间不长，梁孝王就去世了，司马相如只能返回老家成都。他家境贫寒，生计艰难。临邛县令王吉是他的老朋友，就说："长卿，你长期离乡在外，求官任职也不太顺心，来我这里看看吧。"司马相如就去了临邛，住在城内的一座亭子里。王吉每天恭恭敬敬地去拜访他，一开始，他还以礼相见，后来，干脆称病不见。但是，王吉对他却更加恭敬了。

临邛县里最有名的富人是卓王孙和程郑，二人商量说："县令来了贵客，我们得备办酒席请一请他，正好把县令也一起请来。"

先是卓家请客，王吉到了后，客人已经非常多了。到了中午，派人去请司马相如，司马相如却推辞有病，不肯前来。王吉见相如没来，不敢进食，亲自前去接他，司马相如这才来到卓家。司马相如姿态潇洒，谈吐高雅，满座的客人都被他的风采所折服。酒兴正浓时，王吉走上前来，把一张琴放到他的面前说："我听说长卿琴技高超，希望能为大家弹奏一曲，以助酒兴。"司马相如辞谢一番，即刻抚琴弹曲。

卓王孙有个女儿叫卓文君，相貌美丽，精通音律，而且文采出众。她十六岁时嫁人，没过几年丈夫就去世了，守寡后住在娘家。卓文君早就听过司马相如的名声，酒宴之时，就在屏风后面偷看他。司马相如假装不知道，却在抚琴时趁机弹了一曲《凤求凰》，表达了自己的爱慕之情。卓文君听出了他琴中的心意，而且被他的气度和才华所吸引，即对他产生了爱慕之情。宴会结束后，司马相如又派人重金赏赐使女，向卓文君转达自己的倾心之爱。于是卓文君在深夜逃出家门，和司马相如私奔到了成都。

卓王孙非常生气，他说女儿也太不成器，自己虽然不忍心伤害她，但不会给她一文钱。

二人回到司马相如的家中，家里一无所有，难以为生。硬撑了一段时间后，文君对相如说："不如我们一起去临邛，向同族兄弟们借点钱，也完全可以维持生活，何必困苦成这个样子！"他们就又来到临邛，司马相如把自己的车马卖掉，买下一家酒店。卓文君亲自站在垆前卖酒，司马相如与雇工们一起洗涤酒器。

卓王孙得知女儿当垆，女婿当佣，感到没脸见人，就关在家里不出来。一些兄弟和长辈就劝他："你又不缺钱，文君已经成了司马长卿的妻子，他虽然贫穷，但是个人才，况且又是县令的贵客，怎么能让他们受这样的委屈呢？"卓王孙无可奈何，就分给卓文君家奴一百人，钱一百万，以及她出嫁时的衣服被褥和各种财物。这样，他们回到成都，过上了富足的生活。

后来，司马相如所写《子虚赋》得到了汉武帝的赏识，又因为《上林赋》被封为郎官，成了皇帝手下炙手可热的人物。

时间一长，司马相如对卓文君的感情发生了变化。曾经患难与共，情深意笃的妻子已被他厌弃，他打算纳一个茂陵女子为妾，就给妻子写了一封只有十三个字的信："一二三四五六七八九十百千万"。卓文君看了，一下就明白了丈夫的意思。一行数字中唯独少了一个"亿"，聪慧如她，岂不知这是夫君在暗示自己，无忆，他们之间已没有过去的回忆了。她心如刀绞，泪流满面，一连几天无法入睡，最后写好一封家书寄给丈夫。

司马相如打开书信，先看到的是一首《白头吟》：

> 皑如山上雪，皎若云间月。
> 闻君有两意，故来相决绝。
> 今日斗酒会，明旦沟水头。

蹊蹀御沟上，沟水东西流。

凄凄复凄凄，嫁娶不须啼。

愿得一心人，白头不相离。

竹竿何袅袅，鱼尾何篸篸。

男儿重意气，何用钱刀为！

在诗的后面，附有两段书信。

其一是："春华竞芳，五色凌素，琴尚在御，而新声代故！锦水有鸳，汉宫有木，彼物而新，嗟世之人兮，瞀于淫而不悟！朱弦断，明镜缺，朝露晞，芳时歇，白头吟，伤离别，努力加餐勿念妾。锦水汤汤，与君长诀！"

其二是："一别之后，二地相悬。只说是三四月，又谁知五六年。七弦琴不可弹，八行书无可传，九连环从中折断，十里长亭望眼欲穿。百思想，千系念，万般无奈把郎怨。万语千言说不完，百无聊赖十倚栏。重九登高看孤雁，八月中秋月圆人不圆。七月半，秉烛烧香问苍天。六月伏天人人摇扇我心寒。五月榴花红似火，偏遇阵阵冷雨浇花端。四月枇杷黄，我欲对镜心意乱。三月桃花飘零随水转，二月风筝线儿断。噫，郎呀郎，巴不得下一世，你为女来我作男。"

据说司马相如看完妻子的信，不禁为妻子的才华而惊叹。他回想起过去的夫妻恩爱，感到万分羞愧，从此再也不提纳妾之事。两人最终得以白头偕老。

第三首·自惭形秽

天使拍肩振翅飞，惊奇瞪眼论评违。

君依皇后佳宾贵，我似村姑旅野微。

歌手成名从夜色，乐师出彩步朝晖。

残躯愿受尘埃没，热血常浇绿草肥。

[1] 勃朗宁夫人原诗《No. Ⅲ》：

Unlike are we, unlike, O princely Heart!

Unlike our uses, and our destinies.

Our ministering two angels look surprise

On one another, as they strike athwart

Their wings in passing. Thou, bethink thee, art

A guest for queens to social pageantries,

With gages from a hundred brighter eyes

Than tears even can make mine, to play thy part

Of chief musician. What hast thou to do

With looking from the lattice-lights at me,

A poor, tired, wandering singer, singing through

The dark, and leaning up a cypress tree?

The chrism is on thine head, –on mine, the dew, –

And Death must dig the level where these agree.

[2] 诗人、学者翻译家闻一多汉译新诗《第三首》：^①

我们原不一样，爱呀，你信不信？

我们的职司和前程都不一样。

我们两人的天使迎面飞来，翅膀

摩着翅膀，大家瞪着惊愕的眼睛。

你想想啊，你乃是后妃的上宾，

满宫的明眸飞着眼色，请你主掌

歌筵——我这一双眼睛，不用讲，

纵些流着泪，也没有那样鲜明。

那么，你还干什么那样望着我，

站在那灯光辉映的窗棂里边？

我，一个凄惶流落的歌者，靠着

柏树上，歌声通过了黑暗的亭园……

你头上是圣油——我头上是露颗；

除了死，你我间的差异怎修得圆？

【张馨点评】

孤立无援数爱情，死亡气息欲摧城。

名家闺秀谦卑甚，渴望才人护暖晴。

---

① 闻一多著，《闻一多全集 · 诗 · 白朗宁夫人的情诗》，武汉：湖北人民出版社，1993.12。

《第三首》，仍然是在上帝和死亡面前，爱情感到孤立无援。虽然在他们俩第一次见面时，勃朗宁还是一位文艺爱好者，无名小卒，尚未登入缪斯殿堂，而夫人已经是当地名气很大的诗人了。当爱情从天而降时，她总是十分谦虚，把自己看成一粒微不足道的尘埃，而把他看成皇后们华筵上的贵宾。但这是另一种真诚，期待从尘埃中开出灿烂的鲜花。她把他当成了头顶上光辉的太阳，抑或身边足以倚靠的大山，因为艰难困苦的生命实在悲哀，前途也很可怕，但只要有他在，就有一棵依靠遮荫的大树。这是一个前所未有的矛盾——贫穷困苦怎能和高尚华贵相匹配，病痛凄惨的现实如何与前程远大的未来组合？在她的心里，这是前景绝望的爱情，唤起的就只有痛苦、自卑和徘徊，面对鸿沟而不敢逾越，使她更加强烈地意识到死亡，因为——"只有死，才能把这样的一对扯个平。"

这首诗体现了真情之宝贵，没有丝毫矫揉造作，没有丝毫无病呻吟，却句句感人肺腑。

由此，我想到了我国清代著名词人纳兰性德《浣溪沙·谁念西风独自凉》：

谁念西风独自凉，萧萧黄叶闭疏窗。沉思往事立残阳。
被酒莫惊春睡重，赌书消得泼茶香。当时只道是寻常。

这首词感怀前尘往事。上阕以黄叶、疏窗、残阳之秋景的勾画，描绘丧妻后的孤独凄凉；下阕写沉思中所忆起的寻常往事，借用夫妻平常和美的生活为比喻，描述与亡妻往日的美满恩爱，更道出了今日的酸苦。

纳兰性德，满洲人，字容若，号楞伽山人，清代最著名词人之一。其词集《饮水词》在清代以至整个中国词坛上都享有很高的声誉，在中国文学史上也占有光彩夺目的一席。他于康熙十三年结婚，他妻子卢氏多才多艺，贤良淑女，既传统又聪慧，能与纳兰诗词唱和，夫妻感情深厚，生活和谐美满。可惜在康熙十六年（1677 年），"成婚三年后，妻子亡故"。这对纳兰性德来说无疑是沉重的打击，"与子偕老"这四个字，如今看来只是一场梦而已。这首词就是纳兰性德为悼念亡妻卢氏所撰。"当时只道是寻常"，其中深含的后悔与苦痛，思念与悲哀，像洪水冲来要将他彻底淹没。这首字字锥心的悼亡词，是纳兰性德悲从中来之时写就，一字一句均是词人的心头之热血，腹中之巨痛。它已经超越了人间生死，成为纳兰性德与妻子卢氏之间的爱情绝唱，深深地烙在了读者的心中。那些寻常的往事不能再现，亡妻不可复生，心灵之创痛永无平复之日。每每想起爱妻，他的心都要痛苦地痉挛，他将自己的生命和绵绵思念化作一首首长短句，日渐消耗，最终心成散灰，在妻子去世五年后，于卢氏逝世之同月同日（即康熙二十四年五月三十日）而逝。中国清代词人纳兰性德（1655 年 1 月 19 日～1685 年 7 月 1 日，三十一岁）印证了英国维多利亚时期伊丽莎白·芭蕾特·勃朗宁（1806 年 3 月 6 日～1861 年 6 月 29 日，五十五岁）"除了死，你我间的差异怎修得圆？"

第四首 · 自卑退却

荣获佳宾召帝家，高歌一曲众争夸。

破窗结网头颁摆，陋室蒙尘脸面花。

蟋蟀开吟增月色，夜莺止唱迓朝霞。

凭君好续长歌调，我咽回声寂筑笆。

[1] 勃朗宁夫人原诗《No. Ⅳ》：

Thou hast thy calling to some palace-floor,

Most gracious singer of high poems！ where

The dancers will break footing，from the care

Of watching up thy pregnant lips for more.

And dost thou lift this house's latch too poor

For hand of thine? and canst thou think and bear

To let thy music drop here unaware

In folds of golden fulness at my door?

Look up and see the casement broken in,

The bats and owlets builders in the roof!

My cricket chirps against thy mandolin.

Hush! call no echo up in further proof

Of desolation! there's a voice within

That weeps … as thou must sing … alone, aloof.

［2］诗人、学者翻译家闻一多汉译新诗《第四首》：^①

> 你曾经奉到圣旨召入了宫廷，
>
> 翩翩的歌者，你歌着名贵的诗篇，
>
> 嫔妃们为你止舞，要你再唱一遍，
>
> 人人都注视着你那殷实的歌唇。
>
> 你真要抽起我这门闩？你果真
>
> 不嫌它辜负了你的手？你想想看，
>
> 你能让你那音乐掉在我这门前，
>
> 叠作一层层金色的富丽？你忍不忍？
>
> 你再往上瞧瞧这窗棂都被闯破，
>
> 蝙蝠和夜鹰的巢窠全在梁上！
>
> 我的蟋蟀，应和着你琵琶的高歌，
>
> 住声，别再激起回音来证实荒凉！
>
> 我心里有悲哭声，正如你在浩歌，
>
> 可怜我只是在孤独中悲伤。

［3］迓：yà，迎也。《左传·成公十三年》："迓晋侯于新宫。"好：hào，动词，喜好；喜爱。《淮南子·精神》："好憎者，心之暴也。"《论语·子罕》："吾未见好德如好色者也。"

---

① 闻一多著，《闻一多全集 · 诗 · 白朗宁夫人的情诗》，武汉：湖北人民出版社，1993.12。

> 歉疚难名度岁华，心扉暗启泪如麻。
> 春潭已搅堪收拾？疑待游鱼掠水花。

在青年男女进入真正的爱情中，如果女方年龄比男方要大一些，在当代中国，称姐弟相爱，要么女方对男方关怀备至，主动出击，提醒或者主导男方加快追求步伐；要么女方感到对不起男方，小心翼翼，心向往之，又迟疑不决。中西方爱情心理何等相似，勃朗宁夫人应属于后者。

张媛教授分析第四首诗很到位："她总是莫名怀着歉疚之心。对命运的怨怼，对时光的恐惧，对上帝的敬畏，她没有办法勇敢。她的心门悄悄锁着，不肯给自己希望，孤寂是她熟悉的，反倒是爱情让她恐惧。只有她知道，一旦她爱了，噢，她不敢想象，一旦她爱了，义无反顾，那并不是可以反复思虑、谨慎决定的事情。一旦她爱了，她就会成为自己从未思量过的、命里注定会成为的那个样子，她就会在为最终的那个她，那个她等待了一辈子，准备了一辈子想要成为的人。"

"女人一旦爱上一个男人，如赐予女人一杯毒酒，心甘情愿地以一种最美的姿态一饮而尽，一切的心都交了出去，置生死于度外。"

第五首·言不由衷

捧上吾心苦楚煎，宛如肃穆骨灰前。

整坛倾倒身边撒，一地粘连脚下燃。

抹灭晓霞穿续夜，吹燃火种野燎烟。

免烧秀发皮开绽，跺喊良人走远天。

[1] 勃朗宁夫人原诗《No. V》:

I lift my heavy heart up solemnly,

As once Electra her sepulchral urn,

And, looking in thine eyes, I overturn

The ashes at thy feet. Behold and see

What a great heap of grief lay hid in me,

And how the red wild sparkles dimly burn

Through the ashen greyness. If thy foot in scorn

Could tread them out to darkness utterly,

It might be well perhaps. But if instead

Thou wait beside me for the wind to blow

The grey dust up, … those laurels on thine head,

O my Beloved, will not shield thee so,

That none of all the fires shall scorch and shred

The hair beneath. Stand further off then! Go!

［2］诗人、学者翻译家闻一多汉译新诗《第五首》：^①

> 我严肃地捧起了我的心来，
>
> 像当年爱雷克特拉捧着那尸灰坛，
>
> 猛然看着你，把灰洒在你身畔。
>
> 请看呀，我这心里藏着的悲哀，——
>
> 偌大的一堆悲哀！你再看呀，爱，
>
> 再看火星在堆里奄奄的烁闪。
>
> 假如你肯踩它几脚，踩熄了火焰，
>
> 倒也罢了。可惜你不肯那般爽快，
>
> 偏要等在我身边，等一阵狂风，
>
> 把死灰又吹活……我真为你担忧，
>
> 爱呀，那头上的桂冠原不中用，
>
> 它不能给你做什么的保障。回头
>
> 死灰又烧着了，小心火焰一迸
>
> 烧焦了头发。快走远些呀！走。

［3］爱蕾克特拉（Electra）：古代希腊阿迦门农王的女儿，联合其弟奥莱特斯为被谋害的父亲报仇，并帮助其弟逃离谋害者母亲的控制。后来奥莱特斯乔装回来，捧着一坛尸灰，假说奥莱特斯已经死亡，爱蕾克特拉非常伤心。后来爱蕾克特拉告诉他，这尸灰里依然有着生命。

---

① 闻一多著，《闻一多全集 · 诗 · 白朗宁夫人的情诗》，武汉：湖北人民出版社，1993.12。

粘连：zhān lián，黏合在一起。元末明初·施耐庵《水浒传》第四十回："（蔡九知府）快教叠了文案，把这宋江、戴宗的供状招款粘连了。"明·冯梦龙《醒世恒言·卖油郎独占花魁》："罢，罢，不是自身骨血，到底粘连不上，繇他去罢！"

繇：此读 yóu，古同"由"，从，自。《尔雅》："繇膝以下为揭，繇膝以上为涉。"《史记·孝文本纪》："盖闻天道祸自怨起而福繇德兴。"

【张馨点评】

> 出声驱赶非真意，眼底温柔爱意新。
> 风吹烬火燃天地，照亮前程倍足珍。

张媛教授在分析第五首诗时，引用了"良人（Mr.Right）"这个词，并感叹中国这个词真好。我认为十分得当。"良人"在这里是指女子对丈夫的称呼。如唐·白居易《对酒示行简》："今旦一尊酒，欢畅何怡怡。此乐从中来，他人安得知。兄弟唯二人，远别恒苦悲。今春自巴峡，万里平安归。复有双幼妹，笄年未结褵。昨日嫁娶毕，良人皆可依。忧念两消释，如刀断羁縻。身轻心无系，忽欲凌空飞。人生苟有累，食肉常如饥。我心既无苦，饮水亦可肥。行简劝尔酒，停杯听我辞。不叹乡国远，不嫌官禄微。但愿我与尔，终老不相离。"清·尤侗《铁夫人》："武皇南巡臣拜杖，良人系狱妾心丧。妾家儿女本无知，焚香吁天诚有之。逻骑缚来坐咒诅，夫妇牵连入圜土。妾今有身不任刑，惟拼一死谢夫君。情辞慷慨相决绝，法吏满堂谁忍闻。一旦天恩并放归，都人夹道尽沾衣。还将前日香重爇，长祝君王罢六飞。"

这首诗透露出女诗人接受爱情的委婉、曲折过程：开始在求爱者面前不知所措，恐惧，本能地退却，但内心深处又感觉到很是心酸，不舍。她怀揣着一颗十分沉重、怦怦跳动的心，像当年那位古代希腊阿迦门农王的女儿一样，捧着那坛尸灰，倾倒在自己相爱男子的脚边，如果他一脚踩熄那堆灰白色的含有火星的灰烬，可能没有后来任何爱情故事发生。可是，恋人心智坚定，厮守在她身边，等待着春天的微风，将死灰轻轻吹动，星火复燃。但又担心爱情的大火把恋人的头发烧毁，于是言不由衷地出声赶人："快走远些呀！走。"

　　这首诗凝聚着女诗人欲罢不能的深沉思绪，蕴含着真挚情怀，具有强大的感染力量，使读者常读常新，百读不厌。

第六首 · 幻想相依

声明赶走不由衷，总觉君行背后风。

门槛手推回首望，灵魂掌控转身空。

天涯托梦留香气，海角凭鸥幻彩虹。

谨以诚心祈上帝，双双泪眼起朦胧。

[1] 勃朗宁夫人原诗《No. VI》：

Go from me. Yet I feel that I shall stand

Henceforward in thy shadow. Nevermore

Alone upon the threshold of my door

Of individual life, I shall command

The uses of my soul, nor lift my hand

Serenely in the sunshine as before,

Without the sense of that which I forbore-

Thy touch upon the palm. The widest land

Doom takes to part us, leaves thy heart in mine

With pulses that beat double. What I do

And what I dream include thee, as the wine

Must taste of its own grapes. And when I sue

God for myself, He hears that name of thine,

And sees within my eyes the tears of two.

[2] 诗人、学者翻译家闻一多汉译新诗《第六首》：①

走远些。可是我心里觉着，从今

我永远要在你的身影里纠缠。

从今我徘徊在我的生命的门前，

再不能一人私自的驱使我的灵魂

也不能再把这手往日光里伸，

像从前那样，觉不到你的指尖

碰上我的掌心。劫运教万重云山

阻隔了我们，却不知道你的心

还躲在我心里跳成双响的脉息。

酒浆总尝得出葡萄的滋味，

我的起居和梦寐里也少不了你。

我为自身祈祷着上帝的慈悲，

他听见的姓名那个却是你的，

他在我眼眶里看出俩人的眼泪。

【张馨点评】

严辞决绝一声声，道是无情却有情。

谨劝良人真意解，家庭幸福紧随行。

① 闻一多著，《闻一多全集・诗・白朗宁夫人的情诗》，武汉：湖北人民出版社，1993.12。

读完《第六首》，我猛然想起唐·李商隐《锦瑟》：

> 锦瑟无端五十弦，一弦一柱思华年。
> 庄生晓梦迷蝴蝶，望帝春心托杜鹃。
> 沧海月明珠有泪，蓝田日暖玉生烟。
> 此情可待成追忆？只是当时已惘然。

此诗运用象征、隐喻的手法，创造性地运用和发展了我国古代传统诗词的"比兴"方法。如果翻译成现代诗，是否可以这样译著：

精美的瑟为什么竟有五十根弦？
一弦一柱都令我追忆美好年华。
庄周翩翩起舞在梦中化为蝴蝶，
望帝把自己的幽怨托身于杜鹃。
沧海明月映照鲛人泣泪成珍珠，
蓝田红日和暖可看到良玉生烟。
此时此景为何要到现在才追忆，
只是当时我茫茫然不懂得珍惜。

这首诗历来注释不一，种种解读莫衷一是。或以为是悼亡之作，或以为是爱国之篇，或以为是自比文才之论，或以为是抒写思念侍儿锦瑟。但我认为，这是一首悼念他妻子王氏的七言律诗，首联造"景"，看到素女弹五十弦瑟而触景生情；颔联设"喻"，借庄周化蝶，杜鹃啼血比喻妻子的死亡；颈联生"幻"，珍珠为之落泪，宝玉为之忧伤；尾联出"感"，情已逝，追思也是惘然！

伊丽莎白·芭蕾特·勃朗宁在第六首诗中写道："劫运教万重云山

阻隔了我们"，如果不克服千难万险开辟道路，穿过云山，到达目的地，过了此情此景，过了这个美好年华，那结果只能是"此情可待成追忆？只是当时已惘然"，留下的就是莫大的遗憾了。

第七首·爱育新花

天使足音身后伴，眼中世界漫花香。

山间恐怖生存绝，命里从容拯救忙。

引我同餐归圣地，随君共住属仙乡。

恋歌挚爱从今始，呼唤郎名美梦长。

[1] 勃朗宁夫人原诗《No. Ⅶ》:

The face of all the world is changed, I think,

Since first I heard the footsteps of thy soul

Move still, oh, still, beside me, as they stole

Betwixt me and the dreadful outer brink

Of obvious death, where I, who thought to sink,

Was caught up into love, and taught the whole

Of life in a new rhythm. The cup of dole

God gave for baptism, I am fain to drink,

And praise its sweetness, sweet, with thee anear.

The names of country, heaven, are changed away

For where thou art or shalt be, there or here;

And this ⋯ this lute and song ⋯ loved yesterday,

（The singing angels know）are only dear,

Because thy name moves right in what they say.

［2］诗人、学者翻译家闻一多汉译新诗《第七首》：^①

我想全世界的面目已经改变，

自从我听见你那灵魂的步屧

经过我的身边，悄悄地走去，

通过了我和幽冥的边塞之间。

我跌进那幽冥的绝壑，心里盘算，

定是没救了，谁知道却是过虑，⋯⋯

爱把我一手捞起，还教了我一曲

生命的新歌。上帝赐我一盏辛酸，

本是给我施洗的，我情愿喝一口，

赞扬它的芬芳，因为你在我身旁。

你足迹所到，无论生前或死后，

诸天和百国的名号却要更张，

这一阕歌，一枝笛，恩情这样厚，

也只因你的名字在那里铿锵。

【张馨点评】

心胸彻悟不彷徨，欣庆重生酒倍香。

锐目神探君别具，情天阒寂启霞光。

---

① 闻一多著，《闻一多全集 · 诗 · 白朗宁夫人的情诗》，武汉：湖北人民出版
社，1993.12。

《第七首》是女诗人在倾吐心声的过程中，虽然仍有懦弱、犹豫，但它毕竟改变了心境，变得明亮舒畅起来，传情的眉目由紧锁变得舒展开来。内心的感激和喜悦，在每一个音符里悄悄跳跃着，每一行诗句，都暗示出将要走向圆满，即从茫茫的暗夜将要走向光明。

由于女诗人站在死亡深渊的边缘太久了，她会过分怀疑，她是否已经坠入了深渊？因为一个女孩太怯弱，太需要另一半来让她坚强。

当她把感激融入爱情的时候，死神收起它原来的黑影，退却到被遗忘的角落，她的心绪正像张灵茹歌词《退群》中所写的那样，慢慢发生了改变：

是谁在喧嚣中表白，
是谁在沉默中存在，
千言万语化作一句话，
戳中了我的心怀。
是谁在流光中溢彩，
是谁在无声中徘徊，
人来人往中哪一个人，
在为我痴痴地等待？

但她绝对不能"悄悄地走了，正如我悄悄地来"，也不会"悄悄地按下了删除，退出到你的世界之外"，更不可能"悄悄地挥一挥衣袖，又回到了自己的精彩"。

是的，她应该忘记悲哀，忘记疑虑，忘记苦泪，不要再彷徨，大胆地走向希望和光明。

第八首·愧难报答

风流潇洒且耕耘，腹满才华迥逸群。

慷慨掏心墙外赠，矜持袖手耳边闻。

寒伧怎报深情爱，冷漠皆缘苦泪纷。

高贵头颅惭馈予，枕头垫脚任凭君。

[1] 勃朗宁夫人原诗《No. Ⅷ》:

What can I give thee back, O liberal

And princely giver, who hast brought the gold

And purple of thine heart, unstained, untold,

And laid them on the outside of the wall,

For such as I to take, or leave withal,

In unexpected largesse? Am I cold,

Ungrateful, that for these most manifold

High gifts, I render nothing back at all?

Not so. Not cold! — but very poor instead!

Ask God who knows! for frequent tears have run

The colours from my life, and left so dead

And pale a stuff, it were not fitly done

To give the same as pillow to thy head.

Go farther! Let it serve to trample on.

［2］诗人、学者翻译家闻一多汉译新诗《第八首》：[①]

你那样的慷慨，又那样的豪华，

你把你灵府的宝藏全带了来，

尽量地给带了来，堆在我墙外，

任凭我拾起来也罢，丢掉也罢。

但是我有什么能送你呢？你说，

我冷淡？责我寡恩？——你那样慷慨，

我却没有一些酬答？你别见怪，

我并不是寡恩——天知道，你问他——

我实在是穷得很。缤纷的泪雨，

洗毁了我生命中的颜色，并且

留下的这东西，又灰白，又枯瘪，

实在不该送来给你，我不敢渎亵，

不敢送来做你的枕头。走远些，去！

这东西只配给人们踩一个瘪！

［3］寒伧：hán chen，难看；不体面；丢脸。同"寒碜"。老舍《龙须沟》第二幕第三场："她爱吃喝玩乐，她长得不寒伧——那时候我也怪体面——我挣的不够她花的。"曹禺《北京人》第一幕："这间屋子的陈设尽量保持当年的气派，一点也不觉寒伧。"

---

① 闻一多著，《闻一多全集 · 诗 · 白朗宁夫人的情诗》，武汉：湖北人民出版社，1993.12。

【张馨点评】

　　　誉满诗坛修孝悌，微尘定位逊心扉。
　　　铅华洗净灵魂美，感念忠贞两不违。

　　读到《第八首》，我忽然想起唐·薛涛《春望词四首》：
　　（一）
　　　花开不同赏，花落不同悲。
　　　欲问相思处，花开花落时。
　　（二）
　　　揽草结同心，将以遗知音。
　　　春愁正断绝，春鸟复哀吟。
　　（三）
　　　风花日将老，佳期犹渺渺。
　　　不结同心人，空结同心草。
　　（四）
　　　那堪花满枝，翻作两相思。
　　　玉箸垂朝镜，春风知不知。

　　希望的翅膀已经折断，时光的芳华已经剥离，花容悄然枯萎，烟雾了无痕迹。花谢，花落，花飞，我国唐朝女诗人薛涛给才子元稹写下了染上绝望的《春望词四首》。寂寞如烟云的沉沉心事誊写在桃花松影之上，在自制的浣花笺上谱写的爱情诗章又有谁知道？这样大胆的诗意追求，也没有等来幸福。

为什么伊丽莎白·芭蕾特·勃朗宁在男方强烈追求面前，又把自己的地位放得如此低呢？她是早慧诗人，当时已经成名，好贞洁自持的成熟女性，她是对长辈孝顺的女儿，对兄弟友爱的姐妹。在维多利亚时代英国上流社会，她应对自如，进退有据，她大大方方生活，坦坦荡荡为人。当爱情降临时，她认为自己实力不足，难以承受这份难得的爱情。还是女翻译家张媛教授分析得正确："不过女人就是这样，要么不为所动，要么倾其所有。"两种截然相反的表现，其结局反而获得了真正的爱情。

第九首·暗自伤神

试坐邀君苦泪垂，咸咸涩涩到何时？

深哀逆境抽身慢，微笑宽途迈脚迟。

紫锦衣袍堪玷辱，琼晶酒盏怎醺随？

百年好合难相配，暗自伤神倚桂枝。

[1] 勃朗宁夫人原诗《No. IX》:

Can it be right to give what I can give ?

To let thee sit beneath the fall of tears

As salt as mine, and hear the sighing years

Re-sighing on my lips renunciative

Through those infrequent smiles, which fail to live

For all thy adjurations? O my fears,

That this can scarce be right! We are not peers,

So to be lovers ; and I own and grieve

That givers of such gifts as mine are, must

Be counted with the ungenerous. Out, alas !

I will not soil thy purple with my dust,

Nor breathe my poison on thy Venice-glass,

Nor give thee any love - which were unjust.

Beloved, I only love thee! let it pass.

［2］诗人、学者翻译家闻一多汉译新诗《第九首》：[①]

　　我应不应有什么，就送什么给你？

　　应不应让你坐下，靠着我的胸怀，

　　让我那样的咸泪洒上你的脸腮，

　　还让你听流年又在我唇边太息？

　　并且那嘴唇为了忙着歔叹，所以

　　听凭你怎样的给我赌誓，爱，

　　那奄奄垂毙的微笑总救不回来。

　　我只怕，爱，那样待你，是不应当的！

　　我们不同流亚，怎好配作情耦？

　　我承认，我也抱歉，我这样的施主

　　未免太寒伧。爱呀！我不能够，不能够

　　叫我的尘土污秽了你的章服，

　　不能吹出毒气，炸了你那威尼斯晶杯，

　　我不给什么：我只爱你，便足了数。

　　［3］威尼斯晶杯（Venice—glass）：中世纪产于威尼斯的一种名贵的玻璃水晶酒杯，据说一沾到毒药就自行爆裂。其中有意大利设计师款，立体气泡外观设计来自水城——威尼斯，自然光下既能折射出绚丽效果，也能透射出你的生活色彩，做工细腻，手感舒适，内壁光滑，可

---

① 闻一多著，《闻一多全集·诗·白朗宁夫人的情诗》，武汉：湖北人民出版社，1993.12。

作水杯、酒杯、奶茶杯等高端用途。

【张馨点评】

并坐相依仔细瞧，君前哪敢起情潮？

扪心自问焉相配？恐怕尘灰污紫袍。

污：本义是肮脏，不干净，污水，污垢，污浊，污渍。在这里用作动词，使脏，弄脏，污染，污损，玷污。古读仄声。唐·白居易《琵琶行》："……沉吟放拨插弦中，整顿衣裳起敛容。自言本是京城女，家在虾蟆陵下住。十三学得琵琶成，名属教坊第一部。曲罢曾教善才服，妆成每被秋娘妒。五陵年少争缠头，一曲红绡不知数。钿头银篦击节碎，血色罗裙翻酒污。今年欢笑复明年，秋月春风等闲度。弟走从军阿姨死，暮去朝来颜色故。门前冷落鞍马稀，老大嫁作商人妇。商人重利轻别离，前月浮梁买茶去。去来江口守空船，绕船月明江水寒。夜深忽梦少年事，梦啼妆泪红阑干。……"

《第九首》，女诗人伊丽莎白·芭蕾特·勃朗宁把爱情看成是至高无上的皇冠，把自己的"良人"看作世界上最慷慨、最忠实的施主，而她自己仍然是焦虑不安。从前，她不加思索拒绝爱情，是因为恐惧的退缩；而现在是不敢相信爱情，认为男方是一时冲动，错爱了自己。她的这种不敢接受，就是宁可牺牲自己的幸福，也不连累良人，这也是另一种忠贞的爱情。在人世间少有，更值得珍重。这样的思绪反复循环写出的诗歌，耐读！

第十首·爱情如火

美好爱情如火焰，野庐圣殿待公平。

衰枯柴草炉膛耀，高贵松樟地表明。

满眼卑微随夜散，一腔信念伴晨生。

真情禀达祈天意，恩准成全造物荣。

[1] 勃朗宁夫人原诗《No. X》：

Yet, love, mere love, is beautiful indeed

And worthy of acceptance. Fire is bright,

Let temple burn, or flax! And equal light

Leaps in the flame from cedar-plank or weed.

And love is fire：and when I say at need

I love thee … mark! … I love thee! -in thy sight

I stand transfigured, glorified aright,

With conscience of the new rays that proceed

Out of my face toward thine. There's nothing low

In love, when love the lowest：meanest creatures

Who love God, God accepts while loving so.

And what I feel, across the inferior features

Of what I am, doth flash itself, and show

How that great work of Love enhances Nature's.

[2] 诗人、学者翻译家闻一多汉译新诗《第十首》: ①

不过只要是爱，是爱，就够你赞美，

值得你容受。你知道，爱便是火，

火总是光明的，不问是焚着楼阁，

还是荆榛；你烧着松柏，烧着芦苇，

火焰里总跳得出同样的光辉。

所以每回灵府的要求吩咐我说：

"我爱你，我爱你，"便在那顷刻，

我就会爱变成不坏的金身，并且会

觉得我脸上的灵光射到你脸上。

讲到爱，本说不上什么寒伧来；

最渺末的生灵献爱给上帝，你想，

上帝受了他的爱，还赐给他爱。

我心灵的光，闪过我丑陋的皮囊，

爱的意匠便改缮了造物的心裁。

【张馨点评】

似火情浓耀眼烧，高低贵贱不由挑。

两心互照从缘分，苦短人生韵律调。

---

① 闻一多著，《闻一多全集 · 诗 · 白朗宁夫人的情诗》，武汉：湖北人民出版
社，1993.12。

周宏涛的歌词《爱情火焰》：

爱情的火焰，千万不能灭，
我要你陪我，陪我去打猎。
爱情的火焰，还是那么倔，
照亮我每一个寂寞的夜。

爱情的火焰，没人能拒绝，
融化我心里，冬天下的雪。
爱情的火焰，最不好拿捏，
给我温暖又会烧光一切。

　　没有爱情的家庭和没有火焰的生活都是了无生气的，甚至是悲哀的。当爱情变为亲情后，夫妻更加恩爱，家庭建设更加美好，家庭人员相处更加融洽，子女培养更加得力。因此，有人说，害怕燃烧的人不配得到爱情，很有道理。

　　女诗人在这首诗里，运用层层递进的比喻，智慧地阐述了爱就是美，有双方接受和使用的价值；爱情是火焰，能将心中挥之不去的忧愁统统燃烧；爱是人们心中的上帝，上帝在接受了爱之后，又将爱回赐给需要的人们；爱是新的生命和强大的力量，在和谐美好的家庭里，它能够适时转化为灵感和创造力，让濒临绝境的女诗人起死回生，激起创作的不竭情感，点燃满天火花。

　　这首诗是整个长篇组诗的重大转折，女诗人开始找到了自信，把从前的"回避""疑虑""自责""自卑"，现在的"感激""赞叹""自信""希望""自豪"等等多种复杂深沉的情感有机地交织在一起，积极开始了"爱情"对"死亡"的挑战，使整个组诗多姿多彩，跌宕起伏，激情澎湃，读来如饮醇酒，荡气回肠。

第十一首·决心相爱

颦眉病态损风情，恋爱萌催晓日明。

迈步吟诗攀顶立，调弦奏曲伴莺鸣。

双肢颤颤身心累，两颊绯绯信念横。

暗饰淡妆常自顾，送将祝福伴君行。

[1] 勃朗宁夫人原诗《No. XI》:

And therefore if to love can be desert,

I am not all unworthy. Cheeks as pale

As these you see, and trembling knees that fail

To bear the burden of a heavy heart, −

This weary minstrel-life that once was girt

To climb Aornus, and can scarce avail

To pipe now 'gainst the valley nightingale

A melancholy music! −why advert

To these things? O Beloved, it is plain

I am not of thy worth nor for thy place!

And yet, because I love thee, I obtain

From that same love this vindicating grace,

To live on still in love and yet in vain, —

To bless thee, yet renounce thee to thy face.

［2］诗人翻译家文爱艺汉译新诗《第十一首》: [①]

　　就是说爱情降自我的心间，

　　我将能够承受。可是

　　你看，我面色苍白，颤抖的

　　双膝无力承受沉重的心房，

　　令人疲乏的行吟生涯

　　也曾渴望登上奥纳斯山顶

　　现在却只能低声哀吟

　　怎能与谷莺争鸣。亲爱的，为什么

　　这么说? 我不配获得你的爱情

　　怎敢奢望与你同行!

　　可是我爱你，正因为爱你

　　我才拥有了自信，抬头承受了光明，

　　可能枉然，但我仍将终身爱你，

　　还要祝福你，虽然当面我拒绝你。

［3］奥纳斯山（Aornus，意思是"无鸟"）: 位于巴基斯坦，山势极其险峻，一般人难以爬到顶峰，只有羽翼强劲的鸟才能飞上山巅。

---

① 　文爱艺译，《勃朗宁夫人十四行爱情诗集》（插图本），兰州: 甘肃人民美术出版社，2008.10。

名家闺秀自卑谦，上帝通情允爱甜。

女貌郎财攀背景，民间世相愧凉炎。

　　女诗人伊丽莎白·芭蕾特·勃朗宁在这首诗里开始思索爱情，"我还不是完全不配承受"，虽仍有谦逊，但已经在向前迈进——"可是，就因为我爱你，这片爱情提拔我，让我抬起了头、承受着光明，许我继续活下去，哪怕是怎样枉然，也要爱你到底。"诗人、学者翻译家闻一多汉译的新诗《第十一首》①传达的心情较为曲折、回环，抄录如下：

　　既然爱是宝贵的，我就沾爱的光。

　　这样苍白的双腮足膝这样的抖颤，

　　仿佛是当不起那颗心儿的重担，——

　　这吹箫乞食的身世，束上了行装，

　　打算翻山越岭，如今却几乎吹不上

　　一只凄凉的歌儿来响应那啼鹃——

　　爱呀，这身世虽则是一筹莫展，

　　你为什么要躲避它？你何必懊丧？

　　不用讲，我本是配不上你的身份，

　　爱，我不太值，我不是你的俦匹！

　　可也不尽然，正因为我爱你，我的痴情

_____

① 闻一多著，《闻一多全集·诗·白朗宁夫人的情诗》，武汉：湖北人民出版社，1993.12。

便救了我，许还活着爱你到底，……
可又不成，——真教我闹不清，我分明
要给你祝福，却又当面拒绝了你。

第十二首·爱登宝座

喜上眉梢步鹊桥，朝阳格外照人娇。

心怀幸福神尤爽，头戴珠玑品自高。

凤眼投来君伟岸，神魂摄去我飘摇。

黄金宝座终生倚，属意良人不二挑。

[1] 勃朗宁夫人原诗《No. XII》：

Indeed this very love which is my boast,

And which, when rising up from breast to brow,

Doth crown me with a ruby large enow

To draw men's eyes and prove the inner cost, —

This love even, all my worth, to the uttermost,

I should not love withal, unless that thou

Hadst set me an example, shown me how,

When first thine earnest eyes with mine were crossed,

And love called love. And thus, I cannot speak

Of love even, as a good thing of my own.

Thy soul hath snatched up mine all faint and weak,

And placed it by thee on a golden throne, –

And that I love, (O soul, I must be meek!)

Is by thee only, whom I love alone.

[2] 诗人翻译家文爱艺汉译新诗《第十二首》: [①]

　　这正是我值得自豪的爱情，

　　当它从心房涌上眉梢，

　　给我加上这荣耀的皇冠

　　那光艳的宝石，便昭示了爱的无价，

　　这爱便是我的一切，

　　可我不懂怎么去爱

　　请你给我指点。

　　当你火热的目光与我相遇，

　　爱便在我的心房呼应

　　它怎能成为独享的喜悦。

　　是你把我从昏迷的虚弱中抱起，

　　安置上光灿灿的金座，

　　紧挨着依靠着你，

　　亲爱的，此刻我便懂得了爱，那唯一的爱。

　[3] 摄：shè，动词，拿，吸取。唐·顾况《广陵白沙大云寺牌》："磁石摄铁，不摄鸿毛。"

---

①　文爱艺译，《勃朗宁夫人十四行爱情诗集》（插图本），兰州：甘肃人民美术出版社，2008.10。

【张馨点评】

　　　　爱河初浴心如兔，梦里欢欣醒脸红。
　　　　丽日高悬犹定制，光辉闪闪布晴空。

我国清·黄增《集杭州俗语诗》：

　　　　色不迷人人自迷，情人眼里出西施。
　　　　有缘千里来相会，三笑徒然当一痴。

　　"良人"——罗伯特·勃朗宁追求女诗人，虽是"有缘千里来相会"，但不仅仅是"情人眼里出西施"，当时男方在文学上还是一位学徒，尚未成名，女诗人的创作却已经得到名家认可，她完全可以当他的老师。他的追求绝不是错爱或者一时的冲动，而是深思熟虑。因此，女诗人决定与良人同登爱座。正如诗人、学者翻译家闻一多的汉译一样，认可他是"唯一的情郎"[①]：

　　　　老实说，我所自夸的这一般爱，
　　　　从我胸中升到额上，就仿佛是，
　　　　给我带上了一颗绯红的宝石，
　　　　人人都瞧得见，认识它的珍环——
　　　　老实说这爱不是我自己的私财。
　　　　我那会晓得爱是怎么一回事，

_____

① 闻一多著，《闻一多全集·诗·白朗宁夫人的情诗》，武汉：湖北人民出版社，1993.12。

除非你给我立个榜样，给我指示，
像头回我们的目光交互的飞来，
马上爱就唤醒了爱？分明得很，
这爱是不好算作我自己家当；
因为你的灵魂带住了我的灵魂，
便往你那尊前的宝座上一放，
从此我爱，完全是叨着你恩，
完全因为你，你唯一的情郎！

第十三首·爱贵真诚

蜜意情肠几万重，遣词造句怎形容？

狂风呼啸千寻浪，野火绵延百里龙。

君爱深浓言切切，我心贞静默雍雍。

外袍唯恐轻撕破，泄露忧伤愧不恭。

[1] 勃朗宁夫人原诗《No.XIII》:

And wilt thou have me fashion into speech

The love I bear thee, finding words enough,

And hold the torch out, while the winds are rough,

Between our faces, to cast light on each? —

I drop it at thy feet. I cannot teach

My hand to hold my spirits so far off

From myself — me — that I should bring thee proof

In words, of love hid in me out of reach.

Nay, let the silence of my womanhood

Commend my woman-love to thy belief, —

Seeing that I stand unwon, however wooed,

And rend the garment of my life, in brief,

By a most dauntless, voiceless fortitude,

Lest one touch of this heart, convey its grief.

［2］翻译家方平汉译新诗《第十三首》：①

你可是要我把对你涌起的恩情，

形之于言词，而且还觉得十分充裕；

不管有多猛的风，高举起火炬，

让光辉，从两张脸儿间，把我俩照明？

我却把它掉在你脚边，没法命令

我的手托着我的心灵，那么远距

自己；难道我就能借文字作契据，

掏给你看、那无从抵达的爱情

在我的心坎？不，我宁愿表达

女性的爱凭她的贞静，而换来

你的谅解——看见我终不曾软化，

任你怎样地央求，我只是咬紧着嘴，

狠心撕裂着生命的衣裙；生怕

这颗心一经接触，就泄露了悲哀。

【张馨点评】

女心贞静立身旁，火炬高擎焰照长。

两处灵魂驱束缚，手牵默默释忧伤。

---

① 方平译，《白朗宁夫人抒情十四行诗集》，成都：四川人民出版社，1982.04。

《第十三首》虽还是有"隐忧"，但女诗人用默许来表达"接受"。
请读诗人、学者翻译家闻一多的汉译新诗《第十三首》①：

　　　　你定要我把我赠你的这段爱，
　　　　制成语言，寻出相当的字句，
　　　　给端出来，像在狂风里擎着火炬，
　　　　让它往我们的脸上射着光彩？
　　　　我把它往你脚下一摔。我不能差
　　　　我的手把我这心灵那样端出去，
　　　　离我自己那样远；我不能用言语
　　　　给你证明我这深藏的爱。你明白：
　　　　我是不动心的，凭你怎样央求，
　　　　我还把生命的衣裳狠心撕破，
　　　　生怕这心给碰一下，泄露了隐忧——
　　　　你既白了这种真相，你就让我，
　　　　让我用我们那女儿们的不开口
　　　　来证实我这女儿的爱，可不可？

———————————

① 闻一多著，《闻一多全集·诗·白朗宁夫人的情诗》，武汉：湖北人民出版社，
1993.12。

第十四首 · 经营爱情

婚姻匹配有缘由，情爱家庭慎运筹。

人面年年娇是梦，桃花岁岁笑无休。

暂揩热泪施安慰，久惯温存忘苦愁。

困顿艰难凭挺住，浅河深海永同舟。

[1] 勃朗宁夫人原诗《No.XIV》:

If thou must love me, let it be for nought

Except for love's sake only. Do not say

"I love her for her smile – her look – her way

Of speaking gently, – for a trick of thought

That falls in well with mine, and certes brought

A sense of pleasant ease on such a day" –

For these things in themselves, Beloved, may

Be changed, or change for thee, -and love, so wrought,

May be unwrought so. Neither love me for

Thine own dear pity's wiping my cheeks dry, –

A creature might forget to weep who bore

Thy comfort long, and lose thy love thereby.

But love me for love's sake, that evermore

Thou may'st love on through love's eternity.

[2] 诗人、学者翻译家闻一多汉译新诗《第十四首》：①

既然要爱我，别的就都不要管，

你就专为爱我而爱我。不要讲；

"我爱她，是为着那一笑——那一望——

那谈吐里的一种温存——那一段

玲珑的思想，恰合我的脾胃，还

在某一天博得了我满心的欢畅。"

不要这样！讲，因为，爱呀，这些花样，

作与改变，或者从你眼光里看，

忽然变了。爱是怎样的成功，

便怎样失败——也不要为你那慈悲

擦干了我这泪颊而爱我，懂不懂？

一个人，只要长久得到你的抚慰，

就许忘记哭了，因此又失你的爱宠。

可是为爱而爱我，你便能爱我万岁！

【张馨点评】

外美惬心畅意多，风霜久历付蹉跎。

灵魂砥砺谋长远，琴瑟和谐度劫波。

① 闻一多著，《闻一多全集 ·诗 · 白朗宁夫人的情诗》，武汉：湖北人民出版社，1993.12。

这首诗中，女诗人又有了新的不安和疑虑，从前是赶他快走，现在唯恐爱情得而复失。她希望良人别为她的外貌爱她，经历风风雨雨后，人的容颜容易憔悴，容易变老。

1846 年 5 月 12 日，女诗人在订婚后写给他的一封信中，有对初恋惶恐不安的表述："……你以为当初我们刚认识的时候，我对你的'只是为了诗才爱我'感到不满吗？我才不呢，我就是不相信你会爱我——不管你为了什么理由。除此之外，人家还有什么好爱我的，我想我并不怎么在乎……只要你高兴，你为了我的鞋子爱我好了，只怕我这双鞋已穿破了。我当时以为你根本就不爱我……"

因此，她在情绪上变得坦然、坚定，比较理智地提出了对爱情的本质要求和根本看法，"为爱而爱我，你便能爱我万岁！""问世间，情为何物？直教生死相许。"经营真爱，才能抵达长远，相互奉献，才能生死相依。

第十五首·盼爱成功

我似金蜂困水晶，牢笼撞破梦难成。

仰寻星宿光芒眸，俯视人寰目的明。

见面晴空遭脸冷，分襟雪地要心平。

辛酸抹去情缘至，顺若河流大海行。

[1] 勃朗宁夫人原诗《NO.XV》：

Accuse me not, beseech thee, that I wear

Too calm and sad a face in front of thine;

For we two look two ways, and cannot shine

With the same sunlight on our brow and hair.

On me thou lookest with no doubting care,

As on a bee shut in a crystalline;

Since sorrow hath shut me safe in love's divine,

And to spread wing and fly in the outer air

Were most impossible failure, if I strove

To fail so. But I look on thee – on thee –

Beholding, besides love, the end of love,

Hearing oblivion beyond memory;

As one who sits and gazes, from above,

Over the rivers to the bitter sea.

［2］诗人、学者翻译家闻一多汉译新诗《第十五首》：①

　　　不要骂我对你挂起沉沉的脸；

　　　我们是各奔着各人的路程，

　　　一种的日光照不上，我们的眉鬓。

　　　我好似晶珠里锁着的蜜蜂一般，

　　　不能你为我起什么惊猜的眷念；

　　　因为悲哀既把锁进恋爱的神圣，

　　　叫我张开翅膀往外飞，那怎么成？

　　　纵使我多方的挣扎，也还是枉然。

　　　你知道望着你，望着你，望到

　　　恋爱和恋爱的结局，仿佛一个人

　　　踞坐在高处，俯瞰着江河的滔滔，

　　　江河以外，又浮着大海的阴沉——

　　　我望你时，我听见记忆外层的寂寥，

　　　也明白记忆温柔，和泯灭的寒凛。

　　［3］南京师范大学张媛教授按诗意翻译成十三行，我认为很好，现抄录如下：②

　　　别责备我，求你，别说我在你面前

---

① 闻一多著，《闻一多全集·诗·白朗宁夫人的情诗》，武汉：湖北人民出版社，1993.12。
② 张媛译，《勃朗宁夫人十四行诗集》（英汉双语版），北京：中央编译出版社，2015.08。

脸太冷，心太酸；

因为我们和别人一样，两个人望向两个不同的方向，

同样的阳光照在我们的眉间发梢却不能发出同样的光亮。

你望向我，心中没半点儿不踏实，

就像望着一只困在水晶球中的蜜蜂，

——因为忧伤把我密封在爱的囚室，密密实实，安全无虞，

就算我拼命努力，要展翅飞出这牢笼也是绝无可能。

而我望向你，凝望着你，

除了爱情，我还看到爱的结局，

听到那超越记忆的湮灭记忆，一片静寂！

就像是高坐云层向下俯瞰，

远远可见那无数河流尽归大海。

【张馨点评】

坐扶轮椅如囚室，脸冷心酸隔自然。

智力从心高品位，众难渺小博流传。

《第十五首》，她仍在纠结、挣扎、叹息、犹豫，"叫我张开翅膀往外飞，那怎么成？纵使我多方的挣扎，也还是枉然。"但在继续思考，"踞坐在高处，俯瞰着江河的滔滔，江河以外，又浮着大海的阴沉"，浮想联翩，寻找出路。

爱的结局就像"记忆外层的一片寂寥"，这里面有冷静和浓郁。诗中隐含有在茫然未得的感受之外，还有四分清朗，三分沉重，两分理智，和一分若有若无的感叹。

第十六首·被爱征服

汝如皇帝尤高贵，托付终身总拒辞。

紧裹衣裙祛恐惧，密依怀抱释伤悲。

功成我后帮扶急，事败君边拯救施。

唤我前行当应召，身微不顾爱无疑。

[1] 勃朗宁夫人原诗《No.XVI》：

And yet, because thou overcomest so,

Because thou art more noble and like a king,

Thou canst prevail against my fears and fling

Thy purple round me, till my heart shall grow

Too close against thine heart, henceforth to know

How it shook when alone. Why, conquering

May prove as lordly and complete a thing

In lifting upward as in crushing low!

And, as a vanquished soldier yields his sword

To one who lifts him from the bloody earth,

Even so, Beloved, I at last record,

Here ends my strife！ If thou invite me forth,

I rise above abasement at the word.

Make thy love larger to enlarge my worth！

［2］翻译家方平汉译新诗《第十六首》：^①

然而，因为你完全征服了我，

因为你那样高贵、象尊严的帝皇，

你能消除我的惶恐，把你的

紫袍裹绕住我，直到我的心

跟你的贴得那么紧，再想不起

当初怎样独自在悸动。那宣抚，

就像把人践踏在脚下，一样是

威严和彻底完满的征服！就像

投降的兵士捧着战刀呈交给

把他从血滩里挽扶起来的主人；

亲爱的，我终于认了输，承认：

我的抗拒到此为止。假如你召唤我，

听着这话，我要从羞愧中站起。

扩大些你的爱，好提高些我的价值。

［3］祛：qū，除去，驱逐。《西游记》第十九回："行者道：'（猪八戒）与你干了许多好事。这几年挣了许多家资，皆是他之力量。他不曾白吃了你东西，问你祛他怎的。'"

［4］南京师范大学教授张媛博士根据诗意翻译成十二行，不局限

---

① 方平译，《白朗宁夫人抒情十四行诗集》，成都：四川人民出版社，1982.04。

于诗律：^①

> 然而，你要远远胜过这些，
> 因为你是如此高尚，像尊贵的帝王，
> 你战胜了我的恐惧，用你的紫袍紧裹着我，
> 直至我心紧贴你心，从此不知以前的孤寂。
> 怎么，征服可以既高贵又完全，把人高高抬起
> 但也可以是无情的践踏到底！
> 就像是那战败的士兵放下刀剑，
> 臣服在把他从血腥的战场拯救而起的君主脚边，
> ——就算如此，我的爱人，我终于坦承，
> 放弃抵抗。只要你唤我上前，
> 我便应命而前，不顾身份卑贱，
> 我爱，请你爱我益多，则我益有价值。

【张馨点评】

> 紫袍相送裹吾心，寂寞尘霾远冷衾。
> 剑影刀光终降服，坦承从命赴胸襟。

从《第十六首》开始，组诗的情感出现了明显的变化甚至质的飞跃。她已经深刻感受了爱，相信了真爱，承认被"完全征服"了。几经周折，随着感情的逐渐发展，女诗人在不断"赞叹""感激""回味"的同时，已经深深爱上了持续追求自己的"良人"。

---

① 张媛译，《勃朗宁夫人十四行诗集》（英汉双语版），北京：中央编译出版社，2015.08。

第十七首·凭君安排

就熟驾轻操韵律，琴声挥手撒红尘。

清音袅袅能祛苦，姿态婷婷可爽神。

伴唱房中三日味，跟随树下两层春。

长松翳处生青冢，汝累何妨暂憩身。

[1] 勃朗宁夫人原诗《No.XVII》：

My poet, thou canst touch on all the notes

God set between His After and Before,

And strike up and strike off the general roar

Of the rushing worlds, a melody that floats

In a serene air purely. Antidotes

Of medicated music, answering for

Mankind's forlornest uses, thou canst pour

From thence into their ears. God's will devotes

Thine to such ends, and mine to wait on thine!

How, Dearest, wilt thou have me for most use?

A hope, to sing by gladly ? or a fine

Sad memory, with thy songs to interfuse?

A shade, in which to sing – of palm or pine?

A grave, on which to rest from singing? Choose.

[2] 翻译家方平汉译新诗《第十七首》：^①

> 我的诗人，在上帝的宇宙里，从洪荒
>
> 到终极，那参差的音律，无一不能
>
> 从你的指尖弹出。你一挥手
>
> 就打断了人世间熙熙攘攘的声浪，
>
> 奏出清音，在空气里悠然荡漾；
>
> 那柔和的旋律，像一剂凉药，把安慰
>
> 带给痛苦的心灵。上帝派给你
>
> 这一个职司，而吩咐我伺候你。
>
> 亲爱的，你打算把我怎样安排？——
>
> 作为一个希望、给欢乐地歌唱？还是
>
> 缠绵的回忆、溶化入抑扬的音调？
>
> 还是棕榈，还是松树——那一树绿荫
>
> 让你在底下歌唱；还是一个青冢，
>
> 唱倦了，你来这里躺下？请挑吧。

[3] 憩：qì，同"憩"。休息、小息。《尔雅》："憩，息也。"《诗·召南权·甘棠》："召伯所憩版。"晋·陶渊明《归去来兮辞》："策扶老以流憩。"清·袁枚《祭妹文》："憩书斋。"

---

① 方平译，《白朗宁夫人抒情十四行诗集》，成都：四川人民出版社，1982.04。

【张馨点评】

爱河离岸趣情多，急转弯题耐琢磨。

角色蛮缠胡搅智，不知才俊解难何？

女诗人写道："上帝派给你 / 这一个职司，而吩咐我伺候你。/ 亲爱的，你打算把我怎样安排？"她好不容易把那薄薄一层"友谊"的外衣轻轻地剥开了，让"爱情"终于毫无羞涩地、不加掩饰地显示出她的真实面目。他也有办法，在 1845 年 11 月 24 日的一封信中，他向女诗人乞求，能否赏给他头发一束，"我将生死与共，终生纪念"。女诗人当天回信，故意留难："你问我要的，我还未曾给过谁呢——除非给我的最亲的亲人。"不过她并没有拒绝，透露的口气是，也许有一天吧。这就是回环曲折的爱情魅力，欲罢不能。

《第十七首》，诗人、学者翻译家闻一多这样翻译：[1]

上帝排在那往古来今里的徽弦，

我的诗人，你都能弹；你一挥手，

便奏出夐绝的乐曲，在尘嚣上飘浮，

在尘嚣外飘浮。好比药石一般，

你的音乐吐了出去，能给人寰

攻砭着毒秽，解除着苦痛和烦忧。

爱呀，上帝派给了你这种职守，

派我给你伺候。你打算打算

---

① 闻一多著，《闻一多全集 · 诗 · 白朗宁夫人的情诗》，武汉：湖北人民出版社，1993.12。

最好是用什么方法来使用我？——

一点点希望来给你欢唱也许

一段缠绵的记忆，给参进你的歌？

一树浓荫，给遮你唱——是棕榈，

还是松楸？要不就是座坟墓，

给你唱完睡下？听凭你选去。

第十八首·秀发赠君

鬈发青丝未赠人，与君一绺付良辰。

辫长褐秀秋千冻，颊瘦清癯泪眼新。

殡馆当随归利剪，爱房不意挽芳春。

慈亲临殁遗深吻，洁净纯恒并送亲。

[1] 勃朗宁夫人原诗《No.XVIII》:

I never gave a lock of hair away

To a man, Dearest, except this to thee,

Which now upon my fingers thoughtfully

I ring out to the full brown length and say

"Take it." My day of youth went yesterday;

My hair no longer bounds to my foot's glee,

Nor plant I it from rose or myrtle-tree,

As girls do, any more. It only may

Now shade on two pale cheeks, the mark of tears,

Taught drooping from the head that hangs aside

Through sorrow's trick. I thought the funeral-shears

Would take this first; but Love is justified, —

Take it thou, — finding pure, from all those years,

The kiss my mother left here when she died.

[2] 翻译家方平汉译新诗《第十八首》： ①

我从不曾拿我的卷发送给谁，

除非是这一束，我最亲爱的，给你；

满怀心事，我把它抽开在指尖，

拉成棕黄色的一长段；我说："爱，

收下吧。"我的青春已一去不回，

这一头散发再也不跟着我脚步一起

雀跃，也不再像姑娘们，在鬓发间

插满玫瑰和桃金娘，却让它披垂，

从一个老是歪着的头儿——由于

忧郁的癖性——披下来遮掩着泪痕。

原以为理尸的剪刀会先把它收去，

可不想爱情的名分得到了确认。

收下吧，那上面有慈母在弥留时给儿女

印下的一吻——这些年始终保持着洁净。

[3] 鬈：quán，本义为头发好，引申为美好。《诗·齐风·卢令》："卢重环，其人美且鬈。"《礼·杂记》："燕则鬈首。"

臞：qú，消瘦。《说文》："臞，少肉也。从肉，瞿声。字亦作癯。"《尔雅·释言》："臞，瘠也。"西汉·司马迁《史记·司马相如传》："形容甚臞。"

---

① 方平译，《白朗宁夫人抒情十四行诗集》，成都：四川人民出版社，1982.04。

【张馨点评】

　　　　母亲吻迹洁如新，相赠身心不染尘。
　　　　却引殡仪房内剪，年轻俊彦稳相陈。

《第十八首》，诗人、学者翻译家闻一多如此汉译：[①]
　　　　爱呀，我没有拿头发奉送过谁，
　　　　除了这回，默默的把这一鬈鬈
　　　　左手里牵得顶长的，叫你来拿。
　　　　我知道青春去了，我的发再不会
　　　　跟着脚步跳踉又不好好女儿辈，
　　　　再向那番榴树底，或蔷薇花下，
　　　　去种新发。你瞧，这松的一把，
　　　　早在悲哀里学会了一种憨态，——
　　　　头那么一歪，垂了下来；我只好
　　　　让它垂，垂在脸上，把泪痕遮起。
　　　　这东西我想逃不脱死神的剪刀，
　　　　其实是归爱得的。爱现在我给你，……
　　　　这儿有我母亲临终的一吻，你瞧，
　　　　除则隔了多年却依然是纯洁的。

　　终于将头发相赠给"良人"了，这是爱的象征，要下多大的决心，

---

① 闻一多著，《闻一多全集 · 诗 · 白朗宁夫人的情诗》，武汉：湖北人民出版社，1993.12。

她才"让它垂，垂在脸上，把泪痕遮起"。这眼泪是激动还是对未来的担心？我看两者均有。"收下吧，那上面有慈母在弥留时给儿女／印下的一吻——这些年始终保持着洁净"，将母亲临终的吻也赠送给自己的"良人"，就是将有生以来爱情的纯洁相赠，忠贞相赠。我国金朝·元好问《摸鱼儿·雁丘词》：

> 问世间，情为何物，直教生死相许？天南地北双飞客，老翅几回寒暑。欢乐趣，离别苦，就中更有痴儿女。君应有语：渺万里层云，千山暮雪，只影向谁去？　横汾路，寂寞当年箫鼓，荒烟依旧平楚。招魂楚些何嗟及，山鬼暗啼风雨。天也妒，未信与，莺儿燕子俱黄土。千秋万古，为留待骚人，狂歌痛饮，来访雁丘处。

金章宗泰和五年（1205年），十六岁青年元好问，在赴并州应试途中，听一位捕雁者说，天空中一对比翼双飞的大雁，其中一只被射杀后，另一只就从天空栽下殉情而死。元好问深受感动，便买下这一对大雁，将其合葬在汾水旁，修建一个小坟墓，名"雁丘"，并写了这首著名的《摸鱼儿·雁丘词》。"问世间，情为何物，直教生死相许。"作者开门见山，直接发问：问"世间"情是什么？由此可以看出大雁殉情对作者的强烈震撼，我们阅读此词，能产生强烈的共鸣。此问又把对大雁的感慨，广义地推及世间万物，当然也包括人类。情至极处，"生死相许"，这该是何等的深情！

第十九首·心灵契合

心灵闹市琳琅满，对换诗人绺发些。
价值远超船队货，色形尤胜缪斯纱。
桂冠头上流连久，唇吻丝梢记忆差。
重礼收藏心血护，终生不可盗侬家。

[1] 勃朗宁夫人原诗《No.XIX》：

The soul's Rialto hath its merchandise；

I barter curl for curl upon that mart；

And from my poet's forehead to my heart，

Receive this lock which outweighs argosies，−

As purply black，as erst to Pindar's eyes

The dim purpureal tresses gloomed athwart

The nine white Muse-brows. For this counterpart，…

The bay-crown's shade，Beloved，I surmise，

Still lingers on thy curl，it is so black！

Thus，with a fillet of smooth-kissing breath，

I tie the shadows safe from gliding back，

And lay the gift where nothing hindereth,

Here on my heart, as on thy brow, to lack

No natural heat till mine grows cold in death.

[2] 翻译家方平汉译新诗《第十九首》: [①]

心灵跟心灵也有市场和贸易,

在那儿我拿卷发去跟卷发交换;

从我那诗人的前额, 我收下了

这一束, 几根发丝, 在我心里

却重过了漂洋大船。它那带紫的乌亮,

在我眼里, 就像当初平达所看见的

斜披在缪斯玉额前暗紫色的秀发。

为了媲美, 我猜想那月桂冠的阴影

依然逗留在发尖——爱, 你看它

有多么黑! 我借轻轻的一吻, 吐出

温柔的气息, 绾住了那阴影, 不让它

溜走; 又把礼品放在最妥帖的地方——

我的心头, 叫它就像生长在你额上,

感受着体热, 直到那心儿有一天冷却。

[3] 平达 (Pindar): 又译为品达, 公元前 522~ 前 442 年 (存疑), 希腊诗人。他的一首诗这样写道: "金黄色的革弦琴啊, 你是阿波罗和紫发缪斯九女神的共同财富。" 当时, 希腊盛行体育竞技, 竞技活动又和敬神的节日结合在一起, 品达在诗中歌颂奥林匹克运动会及其他泛希腊运动会上的竞技胜利者和他们的城邦。他写过十七卷诗, 只传下四

---

① 方平译,《白朗宁夫人抒情十四行诗集》, 成都: 四川人民出版社, 1982.04.

卷。他的诗里有泛希腊爱国热情和道德教诲；他歌颂希腊人在萨拉米之役（公元前 480 年）中获得胜利；他认为人死后的归宿取决于他们在世时的行为。他的诗风格庄重，辞藻华丽，形式完美。品达的合唱歌对后世欧洲文学有很大影响，在十七世纪古典主义时期被认为是"崇高的颂歌"的典范。

【张馨点评】

> 恋爱长途迈短程，悠然倒步近疏生。
> "东边日出西边雨，道是无晴却有晴。"

罗伯特·勃朗宁去信"抱怨"，把女诗人逗乐了。经过几个回合，双方愿望均得到了实现。他的一束卷发，她收到后，万无一失地珍藏在项链的鸡心匣里，日夜贴在自己的胸前。

这是相互赠送，也是投桃报李，是意味深长的自我表白。至此，落实了上一首"爱情的名分得到了确认"。

《第十九首》，诗人、学者翻译家闻一多如此汉译：[①]

> 灵魂的市廛也自有它的货物；
> 我在那市上拿头发换着头发。
> 这一鬈，从我诗人的头上摘下，
> 收进我心里，这比靡戴的舳舻
> 还要宝贵；即便是诗品达当初

---

① 闻一多著，《闻一多全集·诗·白朗宁夫人的情诗》，武汉：湖北人民出版社，1993.12。

悬拟的九神，额前都斜拖着一把

黝紫的鬈发，也不过是这样罢！

爱，想我，你那桂冠的影子还停驻

在这发上，我轻轻的吻上一嘴，

让一缕呼吸那影子给缠牢，

（我把礼物往没有障碍的地方堆）

然后这发在我心上你可记好，

也和在你头上一样，永远总会

热烘烘的，除非人死了，心冷掉。

麇：jūn 和 qūn，先秦时期的一种猎物，鹿的一种。据古书记载，麇的身躯与麒麟的身躯十分相像。《诗经·国风·召南·野有死麇》："野有死麇，白茅包之。有女怀春，吉士诱之。林有朴樕，野有死鹿。白茅纯束，有女如玉。舒而脱脱兮，无感我帨兮，无使尨也吠。"

麇戴的舳舻：蒙上獐子（包括其他珍奇野兽）毛皮的战船。舳舻：战船。

第二十首 · 推诚相爱

去除今日孤身立，大海茫茫究自哀。

锁链长长开缺策，雪冰凛凛探无媒。

影身如幻难相托，话语推诚不费猜。

唯物人生疑上帝，嚣嚣化外总常来。

[1] 勃朗宁夫人原诗《No.XX》：

Beloved, my Beloved, when I think

That thou wast in the world a year ago,

What time I sat alone here in the snow

And saw no footprint, heard the silence sink

No moment at thy voice, but, link by link

Went counting all my chains as if that so

They never could fall off at any blow

Struck by thy possible hand ⋯ why, thus I drink

Of life's great cup of wonder. Wonderful,

Never to feel thee thrill the day or night

With personal act or speech, − nor even cull

Some prescience of thee with the blossoms white

Thou sawest growing!　Atheists are as dull,

Who cannot guess God's presence out of sight.

［2］翻译家方平汉译新诗《第二十首》：[①]

　　亲爱的，我亲爱的，我想到从前——

　　一年之前，当时你正在人海中间，

　　我却在这一片雪地中独坐，

　　望不见你迈步留下的踪迹，

　　也听不见你的謦咳冲破了这死寂；

　　我只是一环又一环计数着我周身

　　沉沉的铁链，怎么也想不到还有你——

　　仿佛谁也别想把那锁链打开。

　　啊，我喝了一大杯美酒：人生的奇妙！

　　奇怪啊，我从没感觉到白天和黑夜

　　都有你的行动、声音在空中震荡，

　　也不曾从你看着成长的白花里，

　　探知了你的消息——就像无神论者

　　那样鄙陋，猜不透神在神的化外！

［3］謦咳：qǐng hāi，同謦欬。咳嗽。亦借指谈笑，谈吐。宋·陆游《老学庵笔记》："行路过者，稍顾视謦欬皆呵止也。"宋·苏轼《黄州还回太守毕仲远启》："路转湖阴，益听风谣之美；神驰铃下，如闻謦咳之音。"

---

① 方平译，《白朗宁夫人抒情十四行诗集》，成都：四川人民出版社，1982.04。

【张馨点评】

> 诚诚恳恳诉真情，反意于今正面倾。
>
> 容动人心词婉转，未曾躲闪两相迎。

从此，这一对有情人手拉着手，走出了迷宫，不再迷茫曲折，不再痛苦哀叹，而是一步步朝着一个终极目标前进了。

女诗人在家庭里的小名叫"巴"，罗伯特·勃朗宁在 1845 年 12 月 19 日的信中第一次这样闲亲昵地称呼："巴——这就是你！星期三那天，我真巴不得用这个名字称呼你！"她很快回信，并在信尾自称"你的巴"。

罗伯特为了表示他的喜悦，更是称呼她"我的最甜蜜、最好、最亲爱的巴呀！"

两人推心置腹地进入了恋爱阶段，只觉得在一起相处的时间过得太快太快，而分别后的时间过得太慢太慢了。

《第二十首》，诗人、学者翻译家闻一多这样翻译：[①]

> 爱呀，我的爱，我回想一年以前，
>
> 那时人间早有你，我独坐在
>
> 这雪地里，却听不见你的大咳
>
> 冲破寂寞，你的脚印我也没瞧见，
>
> 我只一节节的数着生命的连环，
>
> 那料得到还有你那一举要打来，

---

① 闻一多著，《闻一多全集·诗·白朗宁夫人的情诗》，武汉：湖北人民出版社，1993.12。

把连环给打掉？我想起那时，爱
我便尝到了生命的奇妙！你看，
真是奇妙，居然觉不出你的举动，
你的言谈会来震动我的朝夕，——
也不曾从你看着长成的那一本
白花里拈出一瓣关于你的消息。
那些人们，和我一样，也够愚蠢，
猜不透他们自己看不见的上帝。

第二十一首·爱语祈繁

　　爱我千言指誓天，铮铮两字道情缘。

　　山巅岭上闻泉水，涧谷林中听杜鹃。

　　众宿悬空光灿灿，繁花绽野美翩翩。

　　凭窗放眼天涯望，更重灵魂守并肩。

[1] 勃朗宁夫人原诗《No.XXI》:

Say over again, and yet once over again

That thou dost love me. Though the word repeated

Should seem "a cuckoo-song," as thou dost treat it,

Remember never to the hill or plain,

Valley and wood, without her cuckoo-strain,

Comes the fresh Spring in all her green completed!

Beloved, I, amid the darkness greeted

By a doubtful spirit-voice, in that doubt's pain

Cry, Speak once more – thou lovest! Who can fear

Too many stars, though each in heaven shall roll,

Too many flowers, though each shall crown the year?

Say thou dost love me, love me, love me - toll

The silver iterance！ - only minding, Dear,

To love me also in silence, with thy soul.

［2］诗人、学者翻译家闻一多汉译新诗《第二十一首》：^①

> 请你再讲一回，还要再讲一回，
>
> 讲你爱我。虽则那重叠的空音
>
> 正如你说明，好似杜鹃的歌声；
>
> 可是记取全盛的青春从不会
>
> 来到山上，郊中，林间或谷里，除非
>
> 杜鹃的音乐也随着春来临。
>
> 爱，我在那黑暗里曾经倾听，
>
> 听到一种迟疑的缥缈的呼听，
>
> 于是在迟疑的苦闷里，我喊道，
>
> "既爱我，就再讲一遍！"怕什么
>
> 四季的花太闹？天上的星太多
>
> 说，你爱我，你爱我，你爱我，说——
>
> 重复地说，像急着撞银钟；只记好
>
> 还要用那灵魂默默地爱我。

［3］宿：xiù，我国古代天文学家把天上某些星的集合体叫作宿，即星辰。二十八宿：坐落在黄道的星宿，按照中国古代的分法，共有二十八个。《列子》："天果积气，日月星宿不当坠邪？"

---

① 闻一多著，《闻一多全集 ·诗 ·白朗宁夫人的情诗》，武汉：湖北人民出版社，1993.12。

【张馨点评】

姑娘岁大添惆怅，俗世难逢爱意垂。

遣送知音缘上帝，灵魂静默两心仪。

女诗人发出了对爱的美好向往，渴望听到像鹦鹉一样反复悦耳的"我爱你"的同时，更冷静地警告恋人："只记好 / 还要用那灵魂默默地爱我。"既有热烈，也有理智，所以才能长久。

我国北宋·秦观《鹊桥仙·纤云弄巧》：

纤云弄巧，飞星传恨，银汉迢迢暗度。金风玉露一相逢，便胜却人间无数。　　柔情似水，佳期如梦，忍顾鹊桥归路。两情若是久长时，又岂在朝朝暮暮。

这是一首歌咏中国传统节日七夕的词，起句展示七夕独有的抒情氛围，"巧"与"恨"，将七夕人间"乞巧"主题以及"牛郎织女"故事的悲剧性特征点明，形象而凄美。借这个悲欢离合的故事，歌颂坚贞诚挚的爱情。结句"两情若是久长时，又岂在朝朝暮暮"最有境界。这两句既指牛郎、织女的爱情模式的特点，又表述了作者的永恒的爱情观，是高度凝练的名言佳句。这首词熔写景、抒情与议论于一炉，叙写牵牛、织女相爱的神话故事，赋予这对仙侣浓郁的人间烟火味。讴歌了真挚、细腻、纯洁、坚贞的爱情；明写天上双星，暗写人间情侣；其抒情，以乐景写哀情，以哀景写乐趣，倍增其哀乐，读来荡气回肠，感人肺腑。

这首词与《第二十一首》诗相比较，一个含蓄委婉，一个热烈明快，殊途同归。

第二十二首·灵魂相守

灵魂圣洁成双并，延展天边碰火花。
俗世难题携化解，名山伟业竞光华。
聚围天使歌声颂，交往凡民话语夸。
即便死亡寒夜近，一方净土爱无涯。

[1] 勃朗宁夫人原诗《No.XXII》：

When our two souls stand up erect and strong,

Face to face, silent, drawing nigh and nigher,

Until the lengthening wings break into fire

At either curved point, – what bitter wrong

Can the earth do to us, that we should not long

Be here contented? Think. In mounting higher,

The angels would press on us, and aspire

To drop some golden orb of perfect song

Into our deep, dear silence. Let us stay

Rather on earth, Beloved, – where the unfit

Contrarious moods of men recoil away

And isolate pure spirits, and permit

A place to stand and love in for a day,

With darkness and the death-hour rounding it.

［2］南京师范大学张媛教授翻译新诗《第二十二首》：^①

我们两人的灵魂双双并立，庄严、强大，

默默地面对着面，越靠越近，

直到那魂魄延展的长翼在浑圆的边际

碰擦出火花。只要如此，

我的爱人，我便心满意足，

无论这人世间还有什么困苦。

想想吧，如果我们飞升天际，

一定会有大群的天使将我们团团围住，

他们必抛洒金子般完美的歌声打破我们之间

这深沉而亲昵的静谧。

还是让我们留在人间吧，我的爱人，

在这里，所有人世的嘈杂全都被屏退，

只留下纯粹的精神裸裎相对，

允我们一方净土并肩而立，相爱永昼，

就算有黑暗和死亡将我们包围。

［3］裸裎：luǒ chéng，赤身露体。裸：露出，没有遮盖。裎：脱衣露体。《孟子·公孙丑上》："尔为尔，我为我，虽袒裼裸裎于我侧，尔焉能浼我哉？"《晋书·裴頠传》："其甚者至于裸裎，言笑忘宜，以不

——————————

① 张媛译，《勃朗宁夫人十四行诗集》（英汉双语版），北京：中央编译出版社，2015.08。

惜为弘，士行又亏矣。"《明史·翁正春传》："正春风度峻整，终日无
狎语。倦不倾倚，暑不裸裎，目无流视。见者肃然。"清·葆光子《物
妖志·石类·石》："暑月乘凉，则士子皆裸裎其上为常。"

【张馨点评】

　　　　两情静默庄严立，四眼相交碰火花。
　　　　意象恢宏高境界，诗坛自此灿红霞。

　　《第二十二首》，正好位于这组诗的中间，意象空灵高远，境界宏大
开阔，语言多姿多彩，表达轻快明丽，技艺圆熟高超。这是女诗人最光
辉夺目的一首诗。难怪美国著名诗人、小说家和批评家爱伦·坡（Edgar
Allan Poe，1809—1849 年）对勃朗宁夫人的诗歌从欣赏、推荐到俯
服了。

第二十三首·相爱终生

我死君当生趣孤，晴空夏日感凉殊？

纤纤手颤能斟酒，弱弱身歪可下厨？

财富欣抛从旧业，桂冠愿戴上新途。

坟茔已拒天堂换，相守人间永互扶。

[1] 勃朗宁夫人原诗《No.XXIII》：

Is it indeed so? If I lay here dead，

Wouldst thou miss any life in losing mine?

And would the sun for thee more coldly shine，

Because of grave-damps falling round my head?

I marvelled，my Beloved，when I read

Thy thought so in the letter. I am thine －

But … so much to thee? Can I pour thy wine

While my hands tremble? Then my soul，instead

Of dreams of death，resumes life's lower range!

Then love me，Love！ look on me － breathe on me！

As brighter ladies do not count it strange，

For love, to give up acres and degree,

I yield the grave for thy sake, and exchange

My near sweet view of Heaven, for earth with thee!

[2] 南京师范大学张媛教授翻译新诗《第二十三首》：^①

真的吗？如果我死了，

你会因为失去我而失去一些生气？

你真的会觉得就连阳光也失却了暖意，

就因为我被葬入了坟地？

我的爱人，在信中我读到你的心思，

多么惊奇！我是你的——

但……对你来说，我真的这么重要？

我真的可以用我颤抖的双手为你斟满生命的酒杯吗？

若然如此，我的灵魂宁愿放弃对死亡的梦想，

继续这较低的生命形态——活着。

因此，爱我吧，我的爱人！

看着我，与我共呼吸，不用顾及我的名誉。

为了爱情，更高贵的淑女也曾抛弃财富与地位，

毫不为奇。为了你，我要抛弃坟墓，

用亲近天堂的甜蜜换得与你相守人间，此时此地。

---

① 张媛译，《勃朗宁夫人十四行诗集》（英汉双语版），北京：中央编译出版社，2015.08。

【张馨点评】

　　勇抛坟墓受天缘，相守新生爱意绵。

　　地位钱财身外物，家庭看重仰山巅。

　　《第二十三首》，女诗人最高贵之处在于：为了来之不易的爱情，她毫不犹豫地抛弃上流社会的名誉、财富和地位，尤其是"要抛弃坟墓，用亲近天堂的甜蜜换得与你相守人间，此时此地"，也就是抛弃死亡，珍惜人间烟火中的幸福爱情。

　　这又一次使我想起我国汉代才女卓文君（前175～前121年）和司马相如（约公元前179年～前118年）的美妙故事，"愿得一人心，白首不相离"，东方与西方的爱情传奇何等相似！

第二十四首·养护爱情

世事维艰若折刀，皮兜合上祸能消。

纷纷隔断周遭扰，紧紧支撑内室牢。

飞短流长人语畏，根深叶茂树身豪。

命如番韭承甘露，茁壮山巅待拔高。

[1] 勃朗宁夫人原诗《No.XXIV》:

Let the world's sharpness like a clasping knife

Shut in upon itself and do no harm

In this close hand of Love, now soft and warm;

And let us hear no sound of human strife,

After the click of the shutting. Life to life −

I lean upon thee, Dear, without alarm,

And feel as safe as guarded by a charm,

Against the stab of worldlings, who if rife

Are weak to injure. Very whitely still

The lilies of our lives may reassure

Their blossoms from their roots! accessible

Alone to heavenly dews that drop not fewer;

Growing straight, out of man's reach, on the hill.

God only, who made us rich, can make us poor.

［2］南京师范大学张媛教授翻译新诗《第二十四首》：①

就让那世事维艰像一把折刀，

向内合上，不再为害。

就让它紧握在爱情之手，又暖又软，

让纷扰世事在它合上的瞬间悄然隔断。

性命相偎，我依靠着你，我的爱人，没有惊惧，

体味这被护持的安全感，就如同有一种魔力

为我挡去世人的飞短流长——

须知人言可畏，众口铄金。

我们生命的百合熠然绽放，

洁白无尘，它们根深叶茂，只由那天降甘露

滴滴浇灌。它们傲立山巅，茁壮而娇艳

非浊世俗人所能觊觎。

只有上帝，才有能力将其毁去，

因为只有那赐我财富者，才能使我贫穷。

［3］番韭：百合的学名，又名强蜀、山丹、倒仙、重迈、中庭、摩罗、重箱、中逢花、百合蒜、大师傅蒜、蒜脑薯、夜合花等，是百合科百合属多年生草本球根植物，原产于中国，主要分布在亚洲东部、欧洲、北美洲等北半球温带地区，全球已发现有至少 120 个品种，其中

---

① 张媛译，《勃朗宁夫人十四行诗集》（英汉双语版），北京：中央编译出版社，2015.08。

55 种产于中国。鳞茎含丰富淀粉，可食，亦作药用。

【张馨点评】

贫贱夫妻百事哀，蜜甜须仗小康陪。
闲言冷眼均排外，生命相偎不用媒。

世事维艰像一把折刀，其锋利很要人命。唐·元稹《遣悲怀三首》其一："诚知此恨人人有，贫贱夫妻百事哀。"没有饭吃的家庭会很快离散，没有饭吃的爱情将各奔东西，甚至不可能有爱情。

我想起了二十世纪八十年代我国著名诗人海子（1964 年 3 月 24 日～1989 年 3 月 26 日）。他原名查海生，出生于安徽省怀宁县高河镇查湾村，从小在农村长大，1979 年 15 岁时考入北京大学法律系，1982 年大学期间开始诗歌创作，1983 年大学毕业后分配到中国政法大学哲学教研室工作。1986 年获北京大学第一届艺术节五四文学大奖赛特别奖，1988 年获第三届《十月》文学奖荣誉奖等。他后来辞去正式工作，生活没有依靠，受市场经济影响，诗歌已经不适合生存。他纯洁，简单，偏执，倔强，敏感，有时沉浸在痛苦之中不能自拔。在自杀前的那个星期五，海子见到了他初恋的女朋友。她 1987 年毕业于中国政法大学，在做学生时喜欢海子的诗。她是海子一生所深爱的人，海子为她写过许多爱情诗，发起疯来一封情书可以写到两万字以上。但因生活的困境她离开了他，早已在深圳成家。曾经遇到一个开饭店的老板，海子说给他写（诵）一首诗，让老板管他一天饭，但老板说诗不必写不必念，可以管他饭，他饭也不吃就走了。1989 年 3 月 26 日，年仅 25 岁的海子在山海关附近卧轨自杀，解剖时腹内只有几根野菜。自杀时，他身边带着四本书：《新旧约全书》、梭罗的《瓦尔登湖》、海雅达尔的《孤筏重洋》和《康拉德小说选》。他的衣袋里的片纸遗书中写着"我的死与任何人无关"。

好在勃朗宁夫人还有另外一笔自己的财产，可以支撑生活。因此，那把"折刀"向内合上，刀锋不再为害。万幸，万幸！

第二十五首·抚爱心怡

沉重心思月复年，见君喜悦动心弦。

孩提快乐倏消散，困境哀伤永伴眠。

上帝施恩难救助，良人伸手可牵连。

下沉一路回头望，幸有星辰亮照天。

[1] 勃朗宁夫人原诗《No.XXV》：

A heavy heart, Beloved, have I borne

From year to year until I saw thy face,

And sorrow after sorrow took the place

Of all those natural joys as lightly worn

As the stringed pearls, each lifted in its turn

By a beating heart at dance-time. Hopes apace

Were changed to long despairs, till God's own grace

Could scarcely lift above the world forlorn

My heavy heart. Then thou didst bid me bring

And let it drop adown thy calmly great

Deep being! Fast it sinketh, as a thing

Which its own nature doth precipitate,

Which thine doth close above it mediating

Betwixt the stars and the unaccomplished fate.

[2] 南京师范大学张媛教授翻译新诗《第二十五首》：^①

　　年复一年，我的爱人，我怀着一颗沉重的心，

　　直到我看见你的容颜。

　　孩子般天性使然的快乐，就像一串串珍珠

　　随着舞蹈的节奏跳跃在胸前，

　　但是它们早已被一次又一次的哀伤所替换。

　　希望倏忽消逝不见，取而代之的是

　　长久的绝望和哀怨，就连上帝的恩惠

　　也再难把我沉重的心从俗世的孤绝

　　抬起半点。然而你来了，

　　你吩咐我带上这颗心，将它

　　抛掷在你威严、沉静的面前！

　　它迅速坠落，因为它天性喜欢下沉；

　　而你的心却紧贴在它的上面，像一个中间人，

　　隔在满天星辰和它那未能达成的毁灭命运之间。

【张馨点评】

　　恋爱思维变幻殊，自将名位置低隅。

　　刚逢丽日花苞发，又见狂风暴雨趋。

---

① 张媛译，《勃朗宁夫人十四行诗集》（英汉双语版），北京：中央编译出版社，2015.08。

伊丽莎白·芭蕾特·勃朗宁"它天性喜欢下沉",还"迅速坠落",对爱情、对家庭充满疑虑,存在悲观心理,凡事都喜欢往最坏的地方想。而罗伯特"像一个中间人,隔在满天星辰和它那未能达成的毁灭命运之间",用心温暖了她的心,融化了她心灵世界里的坚冰,不断由"拒绝"、甚至"驱赶""心痛"到慢慢"接受"。

　　似乎爱情应该是另外一种表现。因她在恋爱前已经是成名诗人,是胸怀正义的女权主义者,思想成熟,很得社会的认可。其遇到爱情不应该"彷徨",甚至"退缩"。但现实就是这样,"你要想清楚了啊!"爱就要爱得明明白白,爱得脚踏实地,那雾中琼花,那空中楼阁,中看不中用。这正是女诗人创意抒情,谱写爱情诗章的高明之处,也是她的爱情永恒的特别传奇之处。

第二十六首·感恩施爱

数年玩伴竟非人，幻想长陪独昵亲。

似有似无音乐美，常消常涨爱情春。

曾经河水观清浊，除却杯泉品圣津。

上帝恩将君赐我，喜圆新梦涤凡尘。

[1] 勃朗宁夫人原诗《No.XXVI》：

I lived with visions for my company

Instead of men and women, years ago,

And found them gentle mates, nor thought to know

A sweeter music than they played to me.

But soon their trailing purple was not free

Of this world's dust, their lutes did silent grow,

And I myself grew faint and blind below

Their vanishing eyes. Then thou didst come − to be,

Beloved, what they seemed. Thier shining fronts,

Their songs, their splendours, (better, yet the same,

As river-water hallowed into fonts)

Met in thee, and from out thee overcame

My soul with satisfaction of all wants:

Because God's gifts put man's best dreams to shame.

［2］南京师范大学张媛教授翻译新诗《第二十六首》：^①

多年以前，我的玩伴既非男人亦非女人，

幻想是我唯一的陪伴。

我认他们是温情的伙伴，他们为我

演奏的音乐在我耳中最为甜美。

但很快他们拖曳的紫袍也沾上了俗世的埃尘，

他们的丝竹之声也渐渐黯淡。

在他们渐见消隐的眼眸之中，

我也变得脆弱而盲目。正是这个时候，

你来了。哦，我的爱人，至此方知，

他们只是你蹩脚的替代品。

他们闪亮的模样、甜蜜的歌声，他们的壮丽丰美

全集于你一身。虽然你是更好，就像那圣杯中的水，

你是更清、更纯，而他们就像河水，你们分属同源。

你的出现满足了我的灵魂所有的需要，

远远胜于我为自己幻想出的玩伴，

因为上帝的恩赐远胜于凡人所能想象的最美梦幻。

---

① 张媛译，《勃朗宁夫人十四行诗集》（英汉双语版），北京：中央编译出版社，2015.08。

玩伴曾经皆幻想，人生黯淡久恹恹。

君携最美琼瑶盏，盛满琼浆共品甜。

从前，"幻想是我唯一的陪伴"，而这"陪伴"不是"既非男人亦非女人"，大多是"悲哀""死亡"。而你的到来虽然让我等待了很久很久，但你"更清、更纯"，"你的出现满足了我的灵魂所有的需要／远远胜于我为自己幻想出的玩伴"。她感觉心花怒放，心中非常感激上帝的恩赐。

宋·李清照《点绛唇·蹴罢秋千》，写出了少女在心情愉悦下的天真无邪，陶醉在爱情甜蜜中的喜悦：

蹴罢秋千，起来慵整纤纤手。露浓花瘦，薄汗轻衣透。　见客入来，袜刬金钗溜。和羞走，倚门回首，却把青梅嗅。

上片写荡完秋千的精神状态。可以想象得出少女荡秋千时的情景，罗袜轻飏，像燕子一样地空中飞来飞去，妙静中见动。下片写少女乍见来客的情态。她荡完秋千，正累得不愿动弹，突然花园里闯进来一个陌生男人。"见客入来"，她感到惊诧，来不及整理衣装，便急忙回避。据说，这是李清照描写她初见其后来成为她丈夫的赵明诚的情景。

第二十七首 · 解脱忧伤

扶持至爱离忧郁，天地抛吾一息存。
鬓发纷纷轻手理，心肠冷冷软言温。
情人眷顾良缘结，上帝垂怜幸运跟。
满腹欢欣驱晦暗，残躯解脱出高藩。

[1] 勃朗宁夫人原诗《No.XXVII》：

My own Beloved, who hast lifted me

From this drear flat of earth where I was thrown,

And in betwixt the languid ringlets, blown

A life-breath, till the forehead hopefully

Shines out again, as all the angels see,

Before thy saving kiss! My own, my own,

Who camest to me when the world was gone,

And I who looked for only God, found thee!

I find thee; I am safe, and strong, and glad.

As one who stands in dewless asphodel

Looks backward on the tedious time he had

In the upper life，– so I，with bosom-swell，

Make witness，here，between the good and bad，

That Love，as strong as Death，retrieves as well.

［2］南京师范大学张媛教授翻译新诗《第二十七首》：①

我的至爱，是你把我从这阴郁之地

轻抬而起，我被抛掷于此，奄奄一息；

你在我纷乱低垂的鬓发之间，轻轻吹熄，

那生之气息灌注我心，直至希望之光

再次闪亮在我的额前。所有的天使为证，

那赋予我新生的，是你的吻。

亲爱的人呀，我的爱人，

世事于我不过是昨日星辰，

我仰望上苍，只盼着上帝的垂怜，

但却看到了你，找到了你！

你来到了我的身旁，我从未觉得如此

安全，快乐，强壮。

如有一人，她如今立在百合丛中，

百合盛放，连一滴珠泪亦无，

这样的欢欣华美，她何曾经惯？

回首前尘，一片晦暗。我的心思也是一般，

如今我的胸间幸福满满，自愿见证，

天地可鉴，——爱情，其强烈亦如死亡，

---

① 张媛译，《勃朗宁夫人十四行诗集》（英汉双语版），北京：中央编译出版社，2015.08。

足以开始一段新的旅程。

【张馨点评】

> 尚存一息偏阴郁，昨夜星辰望泪酸。
> 上帝怜将君赠我，欢心惬意别孤单。

百合花，在中国象征具有百年好合的美好家庭、伟大的爱情，有深深祝福的意义。受到百合花祝福的人具有单纯天真的性格，集众人宠爱于一身，不过光凭这一点并不能平静度过一生，必须具备自制力，抵抗外界的诱惑，才能保持不被污染的纯真。百合大方高洁，绚丽于春天。遇到百合花，心境开阔，"欢欣华美"。

伊丽莎白·芭蕾特·勃朗宁喜欢百合花，我亦喜欢。

我曾经写过七言绝句《除夕买百合鲜花》：

（一）

> 百合花期迈夏秋，深红浅紫展娇柔。
> 新年喜步寒梅后，笑引春风上客楼。

（二）

> 瓶中但把深情驻，且放清芬守岁关。
> 无土无根君莫笑，绝尘高致美人间。

第二十八首·尺素传情

静夜开缄观尺素，锦笺落膝尽纷披。

张张跳跃争先见，句句温存慢品痴。

拟定春晴伸手握，犹疑夏热褥疮随。

读来字褪馨香墨，已治沉疴未自知。

[1] 勃朗宁夫人原诗《No.XXVIII》：

My letters！ all dead paper, mute and white！

And yet they seem alive and quivering

Against my tremulous hands, while loose the string

And let them drop down on my knee to-night.

This said, ⋯ he wished to have me in his sight

Once, as a friend：this fixed a day in spring

To come and touch my hand ⋯ a simple thing,

Yet I wept for it！ – this, ⋯ the paper's light ⋯

Said, Dear, I love thee; and I sank and quailed

As if God's future thundered on my past.

This said, I am thine - and so its ink has paled

With lying at my heart that beat too fast .

And this … O Love, thy words have ill availed,

If, what this said, I dared repeat at last!

[2] 袁芳远、张清福、张玉平、董莉翻译新诗《第二十八首》：[①]

我的信！它们无声无息，苍白得

毫无生机；可它们又像有生命，

颤动在我抖抖缩缩的手里；解开丝带，

今晚让它们散落在我的膝上。

这封说：他希望作为朋友，和我相见。

又一封上与我约定，春天的一日来看我，

握握我的手……一件普通的事，可我却哭了！

这封薄薄的信说："亲爱的，我爱你！"

为这，我惊恐地跌落在地，好似

上帝的未来在轰击我的过去。

又一封说："我是你的！"那墨迹已褪色，

只因我把它贴在我那悸跳的心头。

而这封……啊，爱啊，你的话以有神力，

假如我胆敢把你信上的言语再重说！

[3] 纷披：散乱张开的样子。纷：散乱。披：披拂，张开。唐·韩愈《寄崔二十六立之》："下驴入省门，左右惊纷披。"

---

① 袁芳远、张清福、张玉平、董莉译，《白朗宁夫人诗选》，石家庄：花山文艺出版社，1997.08。

【张馨点评】

情书韵致总缠绵，恐惧沉沦不敢前。

击我因君携闪电，根除痼疾手相牵。

情书，是绵绵的爱意，是甜蜜的回想，是温馨的记忆，是奋发向前的动力，是走出困境的牵引。

宋·李清照《一剪梅》：

红藕香残玉簟秋。轻解罗裳，独上兰舟。云中谁寄锦书来？雁字回时，月满西楼。　　花自飘零水自流。一种相思，两处闲愁。此情无计可消除，才下眉头，却上心头。

全词上阕叙事，下阕抒情。在萧瑟之秋，李清照独自泛舟，可心中毫无游玩兴致，只是思念丈夫，期盼能收到丈夫的消息。由于思念太深，自己就像这落花流水一般飘零，灵魂无处安放，愁云，挥之不去，才下眉头，却上心头。说这么多，其实就三个字"我想你！"

唐·元稹《离思五首》其四：

曾经沧海难为水，除却巫山不是云。

取次花丛懒回顾，半缘修道半缘君。

此诗前两句表面上是说看过"沧海水""巫山云"之后，其他地方的水和云已经很难再入诗人的眼底了，实际上隐喻他们夫妻之间的感情有如沧海之水和巫山之云，其深广和美好是世间无与伦比的——除爱妻之外，再没有能让诗人动心的其他女子了。诗人借"沧海水""巫山云"

这世间绝美的景象，表达了自己对爱妻坚贞不渝的感情，表现了家庭的和谐美好。第三句以花喻人，即使走进百花盛开、清馨四溢的花丛里，也懒于回首去欣赏那些映入眼帘的盛开的花朵，表示对女色绝无再留恋眷顾之心。第四句承上"懒回顾"，含蓄地说：他对世事看破红尘，再不会动心于其他的芳草繁花。这样饱含深情的爱情诗，爱人读后岂能忘怀？

伊丽莎白·芭蕾特·勃朗宁具备这种高超的创作技巧，不仅每一首情诗均有易于吟诵、终生难忘的锦句，而且多有百读不厌、常读常新的锦篇。

第二十九首 · 春思悠悠

思念如藤缠大树，纷披绿袄荫晴空。

郁沉紧伴欢颜少，偏僻稀交友谊穷。

抖落蔓条抛野地，分离枝叶抱春风。

深呼爽气精神焕，紧靠胸怀两意融。

[1] 勃朗宁夫人原诗《No.XXIX》：

I think of thee！ – my thoughts do twine and bud

About thee, as wild vines about a tree,

Put out broad leaves, and soon there's nought to see

Except the straggling green which hides the wood.

Yet, O my palm-tree, be it understood

I will not have my thoughts instead of thee

Who art dearer, better！ Rather, instantly

Renew thy presence！ As a strong tree should,

Rustle thy boughs, and set thy trunk all bare,

And let these bands of greenery which insphere thee,

Drop heavily down, – burst, shattered, everywhere！

Because, in this deep joy to see and hear thee

And breathe within thy shadow a new air,

I do not think of thee – I am too near thee.

[2]袁芳远、张清福、张玉平、董莉翻译新诗《第二十九首》：^①

> 我想你！我的思念围绕着你，
>
> 它抽絮发芽，像野藤缠着大树，
>
> 伸展出硕大的叶瓣片，除了那蔓延的
>
> 翠绿把树身遮掩，什么都看不见。
>
> 可是我的棕桐树呀，你是否明白，
>
> 我不能让思念取代了宝贵的你！
>
> 我宁愿你显现你自己的存在，
>
> 像一棵结实的树，沙沙地摇着树枝，
>
> 裸露出树干，让围着你的绿色树叶
>
> 重重地掉下来，……散落在地！
>
> 而我看着你，听着你，在你的影子里
>
> 呼吸着清新的空气，沉浸在
>
> 深深的喜悦当中。就这样，
>
> 我不再思念你——我紧靠着你。

[3]荫：yìn，动词，遮蔽。荫覆。晋·陶渊明《归园田居》："少无适俗韵，性本爱丘山。误落尘网中，一去三十年。羁鸟恋旧林，池鱼思故渊。开荒南野际，守拙归园田。方宅十余亩，草屋八九间。榆柳荫后檐，桃李罗堂前。暧暧远人村，依依墟里烟。狗吠深巷中，鸡鸣桑树

---

① 袁芳远、张清福、张玉平、董莉译，《白朗宁夫人诗选》，石家庄：花山文艺出版社，1997.08。

颠。户庭无尘杂，虚室有余闲。久在樊笼里，复得返自然。"

【张馨点评】

> 思恋如春荡笔尖，活鲜意象不沉潜。
>
> 摇枝抱树新思趣，辛辣诗篇细品甜。

某人和妻子因工作原因长期两地分居，二十世纪末，她对他说："自己是靠书信活着的。"二十一世纪初通信设备发达了，手机通话费也便宜了，她又对他说："自己是靠电话活着的"。两人在一起过春节时，他问她一个哲学问题："你认为爱情是属于精神的还是属于物质的？"她不好意思地回答说："我不要精神的，相思太苦；我要物质的，在一起共同经营家庭，谋求幸福。"几年前铁路作家杨天祥把他们的传奇故事写成了报告文学《姻缘千里"书"为媒》。

唐·李白的《古意》："君为女萝草，妾作菟丝花。轻条不自引，为逐春风斜。百丈托远松，缠绵成一家。……"我国古人常以"菟丝""女萝"比喻新婚夫妇，优美贴切，菟丝花为蔓生植物，柔弱，茎细长略带黄色，常常缠绕在其他植物之上；女萝草为地衣类植物，有很多细茎。诗人以"菟丝花"比作妻妾，以"女萝草"比喻夫君，意谓新婚以后，妻妾希望依附夫君，让彼此关系缠绵缱绻、永结同心。

伊丽莎白·芭蕾特·勃朗宁"我不要再思念你——我要紧靠着你"。她这是淘气的理智，活跃的思趣，现实的追求。中国古代、当代和西方的高尚的爱情观是何等惊人的相似！

第三十首·拷问真爱

旦暮相交满脸春，夜来泪眼总伤神。

寺僧施礼祭坛匐，情侣空房境界贫。

回味誓言难入梦，担心好运可成真？

迟疑不决多周折，畏惧光华坐待晨。

[1] 勃朗宁夫人原诗《No.XXX》：

I see thine image through my tears tonight,

And yet today I saw thee smiling. How

Refer the cause? − Beloved, is it thou

Or I, who makes me sad? The acolyte

Amid the chanted joy and thankful rite,

May so fall flat, with pale insensate brow,

On the altar-stair. I hear thy voice and vow,

Perplexed, uncertain, since thou art out of sight,

As he, in his swooning ears, the choir's amen .

Beloved, dost thou love? or did I see all

The glory as I dreamed, and fainted when

Too vehement light dilated my ideal,

For my soul's eyes? Will that light come again,

As now these tears come − falling hot and real?

［2］袁芳远、张清福、张玉平、董莉翻译新诗《第三十首》：[①]

今晚，透过泪眼，我仿佛见到了

你的身影，白天我看到了你的笑脸。

亲爱的，这是为什么？是谁——你还是我，

令我如此伤感。沉浸在欢乐和崇拜中的僧侣，

或许就这样俯伏，把苍白无知的额头

投向祭坛，正像他们耳边"阿门"的

唱诗声。我听见了你的声音，

你的誓言，我惶惑不安，因为不见你

在我面前。亲爱的，你当真爱我？

我当真见到了梦境里的场面？

这梦幻逐渐逝去，因为光线太强，

散大了影幻。啊，我的心灵之窗，

一片晕眩。这光可会再度光临，

就像盈盈泪水，一滴滴真切热烈地滚落下来？

［3］阿门：又译阿们（天主教昔译亚孟，今译阿门，东正教译为阿民），希伯来语，意思是"遂心如愿"，"实实在在、确确实实"，可见于《圣经》。"阿门"最初用于犹太教，后来为基督教所采纳。在礼拜和祷告时表示同意或肯定的意思。教堂里的唱诗班用合唱"阿门"作为尾

---

①　袁芳远、张清福、张玉平、董莉译，《白朗宁夫人诗选》，石家庄：花山文艺出版社，1997.08。

声，声调悠长庄重，是请求上帝垂听凡人的祷告。在《圣经》中的《旧约》诗篇中，作者在祷祝或赞颂前后，加上阿们，是说明自己对祷文或颂词，具有确实的诚意。

【张馨点评】

> 辗转情思判断难，眉头已展复心酸。
> 笑颜白昼山盟愿，梦里生疑泪不干。

女诗人回环往复，辗转反侧，日思夜想，无论怎样研究他，总是"神伤心碎"。在男女恋爱中，甚至在建立家庭后，正因为他忠诚多解，才华横溢，智趣超常，才魅力无穷，光华四射，新鲜感觉永不消失，夫妻生活及家庭建设才能如胶似漆，日新月异，家庭文化深厚，经过几代人努力后，源远流长。

我点评此诗时，正是 2021 年 3 月，湖北省保康县的山野桃花在明媚的春天里，光芒四射。英国维多利亚时代女诗人的爱情不请自来，已经步入了美妙的爱情征程，她的爱情正像春天的桃花一样无处可藏。

第三十一首 · 蒙爱添娇

待君凝视不言中，我自如孩静坐东。
外野温煦辉丽日，内心喜悦焕娇容。
胸怀广阔驱疑虑，山海恒常证悃衷。
白鸽离巢凭庇护，未丰羽翼向苍穹。

[1] 勃朗宁夫人原诗《No.XXXI》:

Thou comest! all is said without a word.

I sit beneath thy looks, as children do

In the noon-sun, with souls that tremble through

Their happy eyelids from an unaverred

Yet prodigal inward joy. Behold, I erred

In that last doubt! and yet I cannot rue

The sin most, but the occasion − that we two

Should for a moment stand unministered

By a mutual presence. Ah, keep near and close,

Thou dovelike help! and, when my fears would rise,

With thy broad heart serenely interpose!

Brood down with thy divine sufficiencies

These thoughts which tremble when bereft of those,

Like callow birds left desert to the skies.

[2] 袁芳远、张清福、张玉平、董莉翻译新诗《第三十一首》：[①]

你来了，还没开口，心意已经表明。

我坐在你的注视下，好像孩子沐浴在

正午的阳光中。我的心在颤抖，

这欢愉的眼昭示了内在的巨大幸福。

看哪，我最后的疑虑错了！

可是我不能只责备自己，因为

这是怎样的时刻！我们两人

并肩地站在一起，啊，靠近我，

紧紧贴着我；当我的心头

又泛起疑虑，你那宽阔的胸

温柔平静地抚慰着我。

用你神圣的一切安慰我的思念吧，

失去了你的保护，我的心又要战栗不停，

就像羽翼未丰的小鸟孤独地飞在天空中。

[3] 温煦：温暖，和煦。常用于形容阳光和暖。

悃：kǔn，诚恳，诚挚；至诚，诚实。悃衷：诚恳之心。屈原《楚辞·卜居》："悃悃款款，朴以忠乎？"唐·白居易《与陈给事书》："优愿俯察悃诚，不遗贱小。"

---

① 袁芳远、张清福、张玉平、董莉译，《白朗宁夫人诗选》，石家庄：花山文艺出版社，1997.08。

又见良人心意足，不言更胜有言时。

犹疑昨夜今朝悔，笔底云烟再赋诗。

"你来了"，她心满意足，"这欢愉的眼昭示了内在的巨大幸福"，不要离别和思念，要并肩在一起，要永久享受他的保护。这种甜蜜的爱情，妙趣横生。

我国明·唐寅《妒花》一诗，描述兰房少妇，走出户外摘取鲜花，旋即精心化妆，然后手持花朵，笑问郎君："是鲜花的颜色美还是妾的容颜美？"情郎故意正话反说，她听后，娇嗔地揉碎采撷的鲜花掷向情郎……这是另一番含蓄美妙的风情：

昨夜海棠初着雨，数点轻盈娇欲语。

佳人晓起出兰房，折来对镜化红妆。

问郎花好奴颜好？郎道不如花窈窕。

佳人闻语发娇嗔，不信死花胜活人。

将花揉碎掷郎前：请郎今日伴花眠！

第三十二首·爱贵久长

誓言恋爱如朝日，喷薄高升可久长？

快入情场真意少，急调弦柱涩音扬。

君开妙嗓歌新曲，我似粗琴弃旧墙。

万幸思维今错判，乐师弦韵引才郎。

[1] 勃朗宁夫人原诗《No.XXXII》：

The first time that the sun rose on thine oath

To love me, I looked forward to the moon

To slacken all those bonds which seemed too soon

And quickly tied to make a lasting troth.

Quick-loving hearts, I thought, may quickly loathe；

And, looking on myself, I seemed not one

For such man's love！ － more like an out of tune

Worn viol, a good singer would be wroth

To spoil his song with, and which, snatched in haste,

Is laid down at the first ill-sounding note.

I did not wrong myself so, but I placed

A wrong on thee. For perfect strains may float

'Neath master-hands, from instruments defaced, −

And great souls, at one stroke, may do and doat.

[2] 袁芳远、张清福、张玉平、董莉翻译新诗《第三十二首》：①

当太阳第一次升起，照在

你爱的誓言上，我期待月亮

去解开那系得过早过快的纽缔。

我只怕爱得容易，不爱亦容易。

再看看我自己，哪像一个让你

倾心相爱的人，却像一把声涩

破损的弦琴，配不上你美妙的歌曲！

而这琴，匆忙里拿起，

发出了沙哑的音响，恼怒中，

被扔到一旁。我这样说，

并未贬低自己，可却亏待了你。

在大师的手里，破琴也可流淌出

完美的旋律；伟大的灵魂，

只弹奏一下，爱既可给予也可索取。

[3] 涩音：不通畅、不顺畅的声音。涩：本义是不滑，引申为使舌头感到麻木、不滑润的滋味。又引申指说话迟缓、困难、不顺畅，再引申为文字、音乐佶屈聱牙，令人无法顺利地读（听）懂。唐·白居易《琵琶行》："……大弦嘈嘈如急雨，小弦切切如私语。嘈嘈切切错杂弹，

---

① 　袁芳远、张清福、张玉平、董莉译，《白朗宁夫人诗选》，石家庄：花山文艺出版社，1997.08。

大珠小珠落玉盘。间关莺语花底滑，幽咽泉流冰下难。冰泉冷涩弦凝绝，凝绝不通声暂歇。别有幽愁暗恨生，此时无声胜有声。……"网友《中秋》："对月唯清影，弦琴只涩音。可有玉宇琼楼，邀我翩起舞，别却这尘间？"

【张馨点评】

　　温婉纤柔敏感多，自惭形秽怎消磨？
　　千般勇气心头鼓，又虑新人止爱河。

第三十三首·请呼乳名

自小乳名亲听惯，弃其游戏应声奔。
抬头凝望慈祥面，翘嘴柔承宠溺恩。
亲切呼声归上帝，寂沉暮气伴孤魂。
君临有幸轻轻唤，继续深情拭泪痕。

[1] 勃朗宁夫人原诗《No.XXXIII》：

Yes, call me by my pet-name! let me hear

The name I used to run at, when a child,

From innocent play, and leave the cowslips piled,

To glance up in some face that proved me dear

With the look of its eyes. I miss the clear

Fond voices, which, being drawn and reconciled

Into the music of Heaven's undefiled,

Call me no longer. Silence on the bier,

While I call God - call God! - So let thy mouth

Be heir to those who are now exanimate：

Gather the north flowers to complete the south,

And catch the early love up in the late!

Yes, call me by that name, – and I, in truth,

With the same heart, will answer, and not wait.

[2] 翻译家毛喻原先生汉译新诗《第三十三首》：①

喂，叫我的小名吧！让我听见

儿时常常奔跑着去答应的这个名字，

那时，我无忧无虑地嬉戏，把九轮草

搂成堆，抬头便可看见那张慈祥的面孔，

它用深情的目光、和蔼的表情传达给我

深厚的爱恋与情意，如今，我失去了

这仁慈、亲切的声音，这声音消隐，

融入了天国圣洁的音乐。当我一次次呼唤

上帝，那墓地仍是一片沉寂。那就让你的

嘴唇来承接那隐去了的声音。

采摘北方的花朵来做成南方的花束，

在迟暮的岁月里追赶早年的爱情。

喂，叫我的小名吧，真的，我立刻就会

答应你，怀着与当初一模一样的心情。

[3] 小名：勃朗宁夫人自小在家庭里的小名叫"Ba（巴）"。勃朗宁在邮戳 1845 年 12 月 19 日的信上第一次称呼她这个小名："巴——这就是你！星期三，我不断地试着用那个名字称呼你。"后来又在 1846 年 2 月 19 日信中称呼她"我的最甜蜜、最好、最亲爱的巴"等。勃朗宁夫人在信中也自称"你的巴"等，她在 1847 年写信给她的友人时，

————————

① 毛喻原译，《勃朗宁夫人十四行诗》，南京：译林出版社，2016.03。

说罗伯特总爱叫她"巴",而且认为这是世界上最最动听的名字,这就足以证明:所谓爱情,不仅是"盲目的爱情",而且是"耳聋的爱情"。

[4]九轮草:春花科报春花属多年生草本植物,根状茎短或稍伸长,叶卵状矩圆形,上面疏被小糙状毛,下面密被茸毛状短柔毛;叶柄具翅,花葶高可达35厘米,伞形花序;苞片线状披针形,花萼窄钟状,裂片三角形,花冠黄色,冠筒约与花萼等长,花柱与冠筒约等长;蒴果长圆体状,5～6月开花,7～8月结果。

黄花九轮草产于中国吉林省长白山地区。生长于低湿草地、沼泽化草甸和沟谷灌木丛中。国外分布于蒙古、苏联和欧洲。其花色丰富,花期长,具有很高的观赏价值。

【张馨点评】

迟暮青春怎召回? 心扉即敞久徘徊。
童年每忆乳名唤,响应飞奔宠溺怀。

《第三十三首》,女诗人回忆童年——怀念母亲——希望从爱情中找到自己失落的东西,情感变化自然和谐。"在迟暮的岁月里追赶早年的爱情",女诗人尽管已经人到中年,却仍然喷射出了少女般炽热的激情。这就是真正的爱情,不老的爱情,传奇的爱情。

第三十四首 · 欣应乳名

虽怀恋慕听君呼，只怕缘轻应允辜。

弱质摧残婴痛苦，青春孤寂损欢愉。

不眠思绪驰天地，难解孤凉待院隅。

但念今生郎召唤，沸腾热血两心扶。

[1] 勃朗宁夫人原诗《No.XXXIV》：

With the same heart, I said, I'll answer thee

As those, when thou shalt call me by my name –

Lo, the vain promise! Is the same, the same,

Perplexed and ruffled by life's strategy?

When called before, I told how hastily

I dropped my flowers, or brake off from a game,

To run and answer with the smile that came

At play last moment, and went on with me

Through my obedience. When I answer now,

I drop a grave thought; break from solitude:

Yet still my heart goes to thee – ponder how –

Not as to a single good but all my good!

Lay thy hand on it, best one, and allow

That no child's foot could run fast as this blood.

[2] 翻译家毛喻原先生汉译新诗《第三十四首》：①

怀着当初一模一样的心情，我说，

我要答应你，当你叫我的小名。

唉，这分明是徒劳的许愿！因为饱受了

人生的挫折，哪还有同样的心情？

从前，我一听见呼喊，就扔下花束，

要不，从游戏中跳起，奔跑着去答应，

一路上欢歌笑语，胸中荡漾着由于游戏

最后一刻带给我的激动，满腹的欢欣，

满腹的顺从。即使我现在答应你，要卸下

沉重的思绪，要从孤独中逃离，但我的心，

还是要奔向你，因为不管怎么说，

你不是我一种单一的善，而是善的所有！

亲爱的，用手按住我的胸口吧，你会同意，

即使儿童的奔跑也快不过这血液的奔流。

[3] 婴：触，缠绕。唐·张九龄《送使广州》："家在湘源住，君今海峤行。经过正中道，相送倍为情。心逐书邮去，形随世网婴。因声谢远别，缘义不缘名。"

---

① 毛喻原译，《勃朗宁夫人十四行诗》，南京：译林出版社，2016.03。

【张馨点评】

> 女人情事曲幽微，往复回环哪属归？
>
> 一往无前无畏惧，抑扬相间刻心扉。

女诗人的心事，细腻敏感，曲折幽微，深思熟虑。《第三十四首》，爱情主题又往前推进了一步，"即使儿童的奔跑也快不过这血液的奔流"，意象回环往复，诗意绵绵不尽，萦绕心间。

南京师范大学张媛教授的翻译更显感情真切，抑扬顿挫，主题突出。抄录共享：①

> 我说我会怀着同样的恋慕之心回应，
>
> 只要你轻轻唤我的乳名，
>
> ——但是，唉，看来这只是无法兑现的空允。
>
> 怎么还能一样呵，经过这么些年
>
> 岁月的摧折，留下多少迷惘与恨憾。
>
> 我曾告诉你小时候我多么着急
>
> 要回应那唤我的人，花儿撒了一地，
>
> 游戏玩了一半，我急急地跑去她的身边，
>
> 脸上还带着游戏的笑意。
>
> 然而如今，虽然我回应着你，
>
> 但我丢下的可不是快乐的游戏，
>
> 多半只是沉郁的思绪，难解的孤僻。

---

① 张媛译，《勃朗宁夫人十四行诗集》（英汉双语版），北京：中央编译出版社，2015.08。

但是呵，我的爱人，

我的心还是狂奔向你——心心念念——

如今它可不只是我的乐趣之一，我只念着你的召唤，

它是我全部的心思所在。

把你的手放在我的心口，最亲爱的人，

你得承认，孩子的脚步可比不上它的热血沸腾。

第三十五首·互赠所有

向外全抛君属我？从兹日夜替慈亲。

深闺两燕呢喃久，长枕双眸眷顾频。

情爱追求原困苦，忧伤化解自艰辛。

心胸请敞怀雏鸽，泪湿绒毛待护身。

[1] 勃朗宁夫人原诗《No.XXXV》：

If I leave all for thee, wilt thou exchange

And be all to me? Shall I never miss

Home-talk and blessing, and the common kiss

That comes to each in turn, nor count it strange,

When I look up, to drop on a new range

Of walls and floors … another home than this?

Nay, wilt thou fill that place by me which is

Filled by dead eyes, too tender to know change?

That's hardest! If to conquer love, has tried,

To conquer grief, tries more, as all things prove,

For grief indeed is love, and grief beside,

Alas, I have grieved so I am hard to love,

Yet love me - wilt thou? Open thy heart wide,

And fold within, the wet wings of thy dove.

[2] 翻译家毛喻原先生汉译新诗《第三十五首》：^①

要是我把一切都给你，作为交换，

你是否愿意把一切也给我？

我能否得到家常的交谈、每天的亲吻、

彼此的祝福？当我抬起头，在另外一个家，

打量崭新的地板和墙壁，那每一样依次

向我呈现的东西，我是否会感到陌生？

不，我还要问，你可愿意代替

那双瞑闭了的眼睛在我生活中的位置？

这眼睛是那样亲切温柔，从不知道变心。

如果征服爱费神，那战胜悲伤就更难，

就像许多事情所证明的，因为悲伤

的确是一种包含了痛苦的爱情。

我如此悲伤，所以不会轻易去爱，

但是，你会依然爱我吗？敞开你的心扉，

请把你那只翅膀湿透的小鸟迎入你的胸怀。

【张馨点评】

太久忧伤浴爱河，胸襟难敞虑疑多。

一旦心扉开铁锁，终生厮守类情魔。

---

① 毛喻原译，《勃朗宁夫人十四行诗》，南京：译林出版社，2016.03。

诗中第二、三句失粘，为折腰格，乃变格体。折腰体，是格律诗在平仄上的一种变格的称谓。最早出现于唐代高仲武编选的《中兴间气集》。该书选录了大历十才子之一崔峒《清江曲内一绝》："八月长江去浪平，片帆一道带风轻。极目不分天水色，南山南是岳阳城。"

　　折腰：大致定义为"中失粘而意不断"。简而言之，折腰体只是平仄格律上的一种变化，与整首诗的诗义无关。

　　严羽《沧浪诗话·诗体》云："有绝句折腰者，有八句折腰者。"这里的"八句"，是指律诗，包括七律、五律，不包括长律。

　　绝句只有四句，所谓"中失粘"，即第二句和第三句的平仄原本是要相粘的，而故意作失粘处理。同理，八句的律诗，第四句和第五句的平仄原本也是要相粘的，而故意作失粘处理。

　　要强调的是，折腰后的平仄，须继续按粘对的规律顺承下去，该对的仍需对，该粘的仍需粘。因此从形式上看，后半部分的平仄基本与前半部分的平仄相同。

　　五律之折腰者，如唐·陈子昂《晚次乐乡县》："故乡杳无际，日暮且孤征。川原迷旧国，道路入边城。野戍荒烟断，深山古木平。如何此时恨，嗷嗷夜猿鸣。"

　　七律之折腰者，如唐·杜甫《咏怀古迹》："摇落深知宋玉悲，风流儒雅亦吾师。怅望千秋一洒泪，萧条异代不同时。江山故宅空文藻，云雨荒台岂梦思。最是楚宫俱泯灭，舟人指点到今疑。"

　　五绝之折腰者，如唐·张九龄《自君之出矣》："自君之出矣，不复理残机。思君如满月，夜夜减清辉。"

　　折腰体与阳关体的区别："阳关体"之名，乃从《阳关曲》推衍而来，并无文献依据。《阳关曲》从形式上看，与"折腰体"中平起式七绝相近，但格律更严，讲究四声，属于词的范畴。最早使用此名者，乃当代诗人林从龙先生。"折腰体"，似不宜称之为"阳关体"。近体诗中，无论五绝、七绝、五律、七律，凡失粘者，均可称为"折腰体"，属于诗的范畴。失粘处如用相关拗句，则更显高古；不用拗句亦可。

《阳关曲》又名《渭城曲》，属唐教坊曲名，现存最早歌辞的作者是王维，原题《送元二使安西》："渭城朝雨浥轻尘，客舍青青柳色新。劝君更尽一杯酒，西出阳关无故人。"之所以被人称为"阳关体"，是因为正好第三句失粘。既然被业界已认同，不妨允许其存在。但即便打破诗词的界限，"阳关体"只限于平起式失粘的七绝，仅仅是"折腰体"的一种而已。

《第三十五首》，发现伊丽莎白·芭蕾特·勃朗宁开始向往与自己朝思暮想的恋人组建一个崭新的家庭，幸福地生活在一起。饱经风霜困苦的女诗人，对这个新的重大的决策，未免又将产生一定程度的疑虑，但当疑虑两次消除之后，自信心和自豪感就会完全充满她的全部情感和生活。

他对她的爱感动上帝，她同样深入骨髓地爱他。

第三十六首·顾虑萦环

初见匆匆坠爱河，坚如磐石梦蹉跎。

恋情摇荡时间久，前路迷茫恐惧多。

热吻双唇离冷淡，欣牵两手静风波。

今生我悉夫妻好，倘失夫君哪有窝？

[1] 勃朗宁夫人原诗《No.XXXVI》：

When we met first and loved, I did not build

Upon the event with marble. Could it mean

To last, a love set pendulous between

Sorrow and sorrow? Nay, I rather thrilled,

Distrusting every light that seemed to gild

The onward path, and feared to overlean

A finger even. And, though I have grown serene

And strong since then, I think that God has willed

A still renewable fear … O love, O troth …

Lest these enclasped hands should never hold,

This mutual kiss drop down between us both

As an unowned thing, once the lips being cold.

And Love be false! If he, too keep one oath,

Must lose one joy, by his life's star foretold.

［2］翻译家毛喻原先生汉译新诗《第三十六首》：^①

当我们第一次相见，并且相爱时，

我怎敢用大理石来建造那座

爱情的殿堂。难道一种摇摆在

忧伤与忧伤之间的爱真的能长久？

不，我害怕，对这道仿佛会照亮

我前程的光充满了疑惧，甚至不敢

伸手去碰它。啊，爱与忠贞，

尽管后来我的心已变得坦然、坚定，

但我还是觉得连上帝都会心存一种

反反复复的恐惧，担心这紧握的手

是否会松开，害怕一旦嘴唇冰凉，

那热烈的吻也就成了徒有其表的饰物。

这样的爱，多么虚假！要是他固守诺言，

命中注定，却要以丧失生命的欢乐为代价。

【张馨点评】

情波激荡总心焦，倘遇危礁必折腰。

惨痛情形生畏惧，相牵两手恐心摇。

---

① 毛喻原译，《勃朗宁夫人十四行诗》，南京：译林出版社，2016.03。

《第三十六首》，女诗人又一次心生疑虑。她自己首先产生"害怕，对这道仿佛会照亮／我前程的光充满了疑惧，甚至不敢／伸手去碰它"。怀疑两双"紧握的手／是否会松开"？心中非常"害怕一旦嘴唇冰凉，／那热烈的吻也就成了徒有其表的饰物"。希望他"固守诺言，／命中注定，却要以丧失生命的欢乐为代价"。那就静静地等待着上帝的引导，经过分分秒秒时间的验证，才能再一次消除顾虑，挽回失落，让美妙的爱情再迈上一个台阶。

第三十七首·谅吾误解

思绪纷飞求恕谅，君魂误塑小沙堆。

权威未感荒疏导，形象无知恐惧摧。

页页书笺遭曲解，腔腔爱意覆冰苔。

似人被救狂涛里，海兽酬恩属智呆。

[1] 勃朗宁夫人原诗《No.XXXVII》：

Pardon, oh, pardon, that my soul should make

Of all that strong divineness which I know

For thine and thee, an image only so

Formed of the sand, and fit to shift and break.

It is that distant years which did not take

Thy sovranty, recoiling with a blow,

Have forced my swimming brain to undergo

Their doubt and dread, and blindly to forsake

Thy purity of likeness, and distort

Thy worthiest love to a worthless counterfeit.

As if a shipwrecked Pagan, safe in port,

His guardian sea-god to commemorate,

Should set a sculptured porpoise, gills a-snort,

And vibrant tail, within the temple-gate.

［2］翻译家方平汉译新诗《第三十七首》：①

原谅我，啊，请原谅吧，并非我无知

不明白一切德性全归于你、属于你；

可是，你在我心里构成的形象，

却就像一堆虚浮不实的泥沙！

是那年深月久的孤僻，像遭了

当头一棒，从你面前尽往后退缩，

迫使我眩晕的知觉涌起了疑虑和

恐惧，盲目地舍弃了你纯洁的面目，

最崇高的爱给我歪曲成最荒谬的

形状。就像一个沉了船的异教徒，

安然脱险，上了岸，酬谢保佑他的

海神，献上了一尾木雕的海豚——

那两腮呼呼作响、尾巴掀起了

怒浪的庞大的海族——在庙宇的门墙内。

【张馨点评】

曾憎上帝不垂怜，又拜神灵赐福船。

恋爱思维抛扭曲，回修正果即姻缘。

---

① 方平译，《白朗宁夫人抒情十四行诗集》，成都：四川人民出版社，1982.04。

纯洁的爱情是每个人均向往神驰的，但女诗人是一位残疾患病、缠绵病榻多年的大龄姑娘，经过多年的盼望等待，爱神降临，她对于爱情的渴望和自己柔弱自卑的内心世界，让她孤独的心灵备受困苦、煎熬。在《第三十六首》中，她不得不小心谨慎，在激动的情感之中冷静下来，多一份理性的思考。但到《第三十七首》中，冷静又被激情所淹没，一颗柔弱的心在思念中折磨，在折磨后请求谅解。

　　翻译家毛喻原先生汉译新诗《第三十七首》①，让似乎是"山重水复疑无路"的爱情，再出现"柳暗花明又一村"的美好结局：

　　　　原谅我吧，请原谅我，我应该明白，
　　　　我所知道的一切伟大的德性
　　　　都应归入你的名下，属于你，
　　　　可我却在心里把你的形象
　　　　塑成了一座易变易毁的沙雕。
　　　　没有你统摄的漫长岁月，由于一次
　　　　沉重的创伤而往后退缩，迫使我惶惑的
　　　　头脑去承受那么多的怀疑和惊恐，
　　　　盲目地舍弃了你纯洁的面容，并把你
　　　　崇高的爱扭曲成一种毫无价值的赝品。
　　　　就像一个沉船上的异教徒，被人安全
　　　　救上岸，为了酬谢保佑他的海神，
　　　　他将在神庙的门内，放上一尊
　　　　两腮鼓胀、尾巴摆动的海豚的雕塑。

---

① 毛喻原译，《勃朗宁夫人十四行诗》，南京：译林出版社，2016.03。

第三十八首·珍重初吻

初吻轻轻手背温，紫晶戒逊此留痕。

天仙附耳频低语，神笔含情累万言。

额发斜垂思母爱，桂冠耸立比文轩。

不偏而正樱唇印，权授终生谨自存。

[1] 勃朗宁夫人原诗《No.XXXVIII》：

First time he kissed me, he but only kissed

The fingers of this hand wherewith I write;

And ever since, it grew more clean and white,

Slow to world-greetings, quick with its "Oh, list,"

When the angels speak. A ring of amethyst

I could not wear here plainer to my sight,

Than that first kiss. The second passed in height

The first, and sought the forehead, and half missed,

Half falling on the hair. O beyond meed!

That was the chrism of love, which love's own crown,

With sanctifying sweetness, did precede.

The third, upon my lips was folded down

In perfect, purple state! since when, indeed,

I have been proud and said, "My love, my own."

［2］翻译家毛喻原先生汉译新诗《第三十八首》^①：

第一次他亲了我，只是亲了我，

从此，我这双用于书写诗篇的手，

就变得愈来愈洁白，愈来愈干净。

这手，懒于去作世俗的应酬，但当天使们

说话时，它却总是去打招呼："听啊，快听！"

即使一枚紫晶的戒指戴在我手上，

它也不会给我比第一次亲吻更深的印象。

第二个吻往高处升，它找到了前额，

可是偏离了一点点，结果一半留在了头发上。

这无比的酬谢啊，无疑是爱情的圣油！

胜过爱神自己那顶圣洁华美的皇冠。

那第三个吻以一种完美高贵的方式

正好印在我嘴唇，从此，我真的相信：

这个世界有崇高的眷念、伟大的爱情。

【张馨点评】

恋诗香艳品难高，思绪疏离隔痒搔。

一吻红唇添兴奋，授权两爱共情操。

---

① 毛喻原译，《勃朗宁夫人十四行诗》，南京：译林出版社，2016.03。

古代写吻者，唐·薛能《舞者》："绿毛钗动小相思，一唱南轩日午时。慢靸轻裾行欲近，待调诸曲起来迟。筵停匕箸无非听，吻带宫商尽是词。为问倾城年几许，更胜琼树是琼枝。"现代当代写吻者，肖艳《吻》："雪花走了很远的路才／看见大地，只一碰／就融化成一片水柔。"这些只能算第一个吻，爱情这个专利只是处于申报后的实审阶段。

　　《第三十八首》最后两行，三个吻后，女诗人的宣布，南京师范大学张媛教授翻译得最好："从此以后，我便可以自豪地说，／'我的爱人，你是我的。'"这是爱情这个专利真正的授权。

第三十九首·忠爱情浓

慈悲身系两灵魂，面具看穿体恤温。

心历忧伤神倦倦，人经风雨眼昏昏。

忠诚频促趋行步，过失非关奉献门。

爱恋情浓倾所有，我何回报问天尊。

[1] 勃朗宁夫人原诗《No.XXXIX》:

Because thou hast the power and own'st the grace

To look through and behind this mask of me,

（Against which, years have beat thus blanchingly

With their rains!）and behold my soul's true face,

The dim and weary witness of life's race, −

Because thou hast the faith and love to see,

Through that same soul's distracting lethargy,

The patient angel waiting for a place

In the new Heavens, −because nor sin nor woe,

Nor God's infliction, nor death's neighbourhood,

Nor all, which others viewing, turn to go,

Nor all which makes me tired of all, self-viewed, —

Nothing repels thee, ⋯ Dearest, teach me so

To pour out gratitude, as thou dost, good!

［2］翻译家邵明刚先生汉译新诗《第三十九首》：^①

因为你有权力支配恩典，

看穿了我伪装的另一面，

（脸色苍白，年年风雨摧残）

瞧着我灵魂的真实嘴脸，

黯然、厌倦，生命历程可鉴！

因你有乐于思考的信念，

透过那呆然、相通的心坎，

天国之位天使耐心企盼！

由于既无罪孽亦无悲郁，

上帝不责罚，死亡无邻居，

无需顾及他人，转身离去，

无需令我厌恶己之所欲，

谁奈何你，⋯⋯爱人，如此培育

我感恩戴德，如你善施与！

［3］天尊：天尊是道教术语中的一个尊称。道教信徒用以尊称地位最高的神仙，如元始天尊、灵宝天尊、道德天尊。该术语在《太上开演秘密藏经》《灵书度命经》等中均有提及。

本身天尊者，按《宝玄经》定义。

---

① 邵明刚译，《勃朗宁夫人抒情十四行诗集》（中英对照），北京：世界图书出版公司，2015.01。

真身天尊者，按《仙公请问经》定义。

迹身天尊者，按《太上开演秘密藏经》定义。

应身天尊者，按《老君经教》定义。

分身天尊者，按《灵书度命经》定义。

化身天尊者，按《定志经》定义。

【张馨点评】

面具丢开露本真，灵魂倦怠使君亲。

首篇此应谁抓住？慷慨前行共苦辛。

《第三十九首》，"因为你信念坚定，情深爱浓"，他抓住了她；"不，什么也不能使你后退"①，她抓住了他。这首诗还是南京师范大学张媛教授翻译得清丽明快，准确传情：

只有你有能力，心怀慈悲，

一眼就看穿了我的面具，看进我灵魂的本真。

这苍白的面具历经人世风风雨雨，

灵魂黯淡见证生命起起伏伏。

因为你信念坚定，情深爱浓，

才可以透过我灵魂的倦怠

看到那宽容的天使在新天堂预留的位置。

无论过失与忧伤，上帝的惩罚或死亡的威胁，

---

① 张媛译，《勃朗宁夫人十四行诗集》（英汉双语版），北京：中央编译出版社，2015.08。

无论是世人所见，扭头就走的卑微，
或是自我审视时令我至为疲惫的丑恶，
不，什么也不能使你后退！
……那么，最亲爱的，请教给我，
教我如何倾诉我的感激之心，就像你慷慨地
把一切都给我。

第四十首·肝胆相照

自小谈情赧脸庞，苞花摘采至今香。

锦帕厌恶随兜弃，硬果潮酸咬齿亡。

百转柔肠生痛恨，千言密语化炎凉。

唯君伴我医残病，不类他人拒不帮。

[1] 勃朗宁夫人原诗《No.XL》:

Oh，yes！ they love through all this world of ours！

I will not gainsay love，called love forsooth.

I have heard love talked in my early youth，

And since，not so long back but that the flowers

Then gathered，smell still. Mussulmans and Giaours

Throw kerchiefs at a smile，and have no ruth

For any weeping. Polypheme's white tooth

Slips on the nut if，after frequent showers

The shell is over-smooth，−and not so much

Will turn the thing called love，aside to hate，

Or else to oblivion. But thou art not such

A lover, my Beloved! thou canst wait

Through sorrow and sickness, to bring souls to touch,

And think it soon when others cry "Too late."

［2］翻译家邵明刚先生汉译新诗《第四十首》：[①]

世人相爱哟，本如此这般！

我不否认真的所谓爱恋。

年轻时，曾听人论及情缘，

当初采的花，余香怎依然？

异教徒朝着微笑抛手绢，

无论谁悲泣，不会有哀怜。

频频阵雨过后，巨人——独眼，

白牙若咬坚果，打滑溜边，

所谓爱情，只能适度错乱，

要不被遗忘，怨恨在边沿。

你非此般情人，我的心肝！

你能期待穿越疾病、忧患，

带来心灵的触动和震撼，

你以为早，人们直呼"太晚"。

［3］独眼巨人波吕斐摩斯：希腊神话中吃人的独眼巨人，海神波塞冬和海仙女托俄萨之子。在荷马的史诗《奥德赛》故事中，经历过特洛伊十年鏖战的英雄奥德修斯于回家途中登陆独眼巨人聚居的西西里岛，他带着 12 个希腊人为了寻找补给来到一个巨大的洞穴，那里正是波吕

---

① 邵明刚译，《勃朗宁夫人抒情十四行诗集》（中英对照），北京：世界图书出版公司，2015.01。

斐摩斯的巢穴。波吕斐摩斯回洞发现后，立刻用巨石封堵了洞口，并随后残暴的摔死和吞食了其中几人。奥德修斯悲痛万分之下想到了一个逃走的计划，他把没有勾兑的烈性葡萄酒给波吕斐摩斯喝，并告诉他自己的名字叫"没有人"。乘着巨人醉酒熟睡，奥德修斯带着剩下的人把巨人用作武器的橄榄树桩削尖磨锐，然后一起举起插入了巨人的独眼。盲目的巨人大声痛呼，希望岛上其他的巨人来帮忙，但他呼喊的"没有人攻击我"只被当成了玩笑，因而没人前来救他。第二天，独眼巨人和往常一样把他洞里圈养的大羊放出洞外吃草，在洞口他挨个摸着羊的脊背，防止奥德修斯等人骑羊逃走，但奥德修斯和他的手下还是藏在羊的肚子下面安全逃出。回到船上的奥德修斯大声嘲笑波吕斐摩斯："'没有人'没有伤害你，伤你的是奥德修斯。"这一傲慢举动为他招来后来的不幸。波吕斐摩斯向他的父亲波塞冬祈祷，要求报复奥德修斯。波塞冬唤起巨浪和大风，将奥德修斯的船吹离了回家的航线，后面遭遇了更多艰险。

【张馨点评】

> 爱果雨淋如硬丸，龇牙咬稳太艰难。
> 灵魂理性多修养，相伴相依两胆肝。

《第四十首》，张媛教授翻译的那个比喻："爱就像是雨天里的坚果，外壳变得又滑又硬，/独眼巨人稀疏巨大的白牙怎么能咬得稳？/用不了多久所谓的爱就变成了恨，/或是完全被抛在脑后，落入忘川。"表达准确，形容贴切。但罗伯特·勃朗宁不是那样的人，"你的爱伴我/走过忧伤，治愈疾病，你静候着我们的灵魂相依相伴，/你欣喜地认定我们相爱迅速，/而换作他人多半早就嚷嚷'太晚了！'转身不见。"

只有经过时间的考验，相互修为，互敬互爱，互教互学，相敬如宾，热情不减，理智相处，才能获得真正的爱情，才能取得家庭和事业上的双丰收，才能白头偕老。

我们欣赏唐·刘商《赋得射雉歌送杨协律表弟赴婚期》，与勃朗宁夫人的情诗比较，又是一番特别的爱情：

> 昔日才高容貌古，相敬如宾不相睹。
> 手奉蘋蘩喜盛门，心知礼义感君恩。
> 三星照户春空尽，一树桃花竟不言。
> 结束车舆强游往，和风霁日东皋上。
> 鸾凤参差陌上行，麦苗萦陇雉初鸣。
> 修容尽饰将何益，极虑呈材欲导情。
> 六艺从师得机要，百发穿杨含绝妙。
> 白羽风驰碎锦毛，青娥怨处嫣然笑。
> 杨生词赋比潘郎，不似前贤貌不扬。
> 听调琴弄能和室，更解弯弧足自防。
> 秋深为尔持圆扇，莫忘鲁连飞一箭。

第四十一首 · 以爱报恩

常忆曾蒙滴水恩，诗词文赋写踪痕。

良人伫听低沉曲，大众围观热闹门。

吾魄全投新岁月，君身尽付美家园。

三生有幸逢知己，爱恋前头待细论。

[1] 勃朗宁夫人原诗《No.XLI》：

I thank all who have loved me in their hearts,

With thanks and love from mine. Deep thanks to all

Who paused a little near the prison-wall,

To hear my music in its louder parts,

Ere they went onward, each one to the mart's

Or temple's occupation, beyond call.

But thou, who in my voice's sink and fall,

When the sob took it, thy divinest Art's

Own instrument, didst drop down at thy foot,

To hearken what I said between my tears, …

Instruct me how to thank thee! Oh, to shoot

My soul's full meaning into future years,

That they should lend it utterance, and salute

Love that endures!   from life that disappears!

［2］翻译家邵明刚先生汉译新诗《第四十一首》：①

感谢所有真心爱我的人，

我打心里敬爱，深深感恩。

感恩"牢墙"边驻足的人们，

迈步前，聆听我高音音频，

圩场或神殿弥漫着弦音，

歌声渐远而呼唤声阵阵。

而你，你——在我悲歌里消沉，

当抽噎声，你诡异、神圣、

独特的乐器就掉在脚边，

倾听我泪眼潸潸的哀怨，

指导我该如何向你感念！

啊，投向我未来完美心愿，

须臾人生，理当借助语言

将永恒的爱情颂扬盛赞！

【张馨点评】

缓到情缘有信凭，虽迟接纳化心矜。

熟瓜落蒂思量久，孕育家庭事业兴。

———————

①　邵明刚译，《勃朗宁夫人抒情十四行诗集》（中英对照），北京：世界图书出版公司，2015.01.

宋·辛弃疾《青玉案》：

> 东风夜放花千树。更吹落，星如雨。宝马雕车香满路。凤箫声动，玉壶光转，一夜鱼龙舞。　　蛾儿雪柳黄金缕，笑语盈盈暗香去。众里寻他千百度，蓦然回首，那人却在，灯火阑珊处。

近代学者王国维《人间词话》以此词举例，认为人之成大事业者，必皆经历三种境界，而稼轩此词的境界为第三境界，即最高境界。同时申明特借此词喻事，与文学赏析并无交涉。

我认为这是一首婉约美好的爱情诗词。上阕写景，渲染一片热闹的盛况；下阕专门写人。这些游女们，雾鬓云鬟，戴满了元宵佳节特有的闹蛾儿、雪柳，兴高采烈地观灯，小步行走中欢声笑语，身后衣香缕缕。这些美女均非作者意中关切之人，他只寻找属于他的那一个，却总是踪影难觅，似乎已经希望渺茫，心中难受。忽然，他眼睛一亮，在那一角残灯旁边，分明看见了，正是她！没有看错，她原来在这安静的地方，还没有回去，似在等待谁。这一惊喜的发现，是人生精神的凝结和升华，这个瞬间，产生了悲喜莫名的感激。词人创作技巧高超，竟把这样难遇的情景和心理突变刻画成笔痕墨影，光彩夺目，代代相传。至此，读者才恍然大悟：那上阕的灯、月、烟火、笙笛、社舞等交织成的元夕欢腾，那下阕的惹人眼花缭乱、风姿绰约的美女，原来都只是为了那一个意中人而设置，倘无此人，此词将黯然失色，了无趣味。

伊丽莎白·芭蕾特·勃朗宁的爱情，对于她的年龄和名望来说，来得太迟太突然了，而她在恋爱过程中，这份感情接受得太慢太慢了。但正因为"蓦然回首，那人却在，灯火阑珊处"，这是她人生的惊喜，给她的人生增添了光彩。她把这样难以忘怀的情景和回环往复的心理变化写成组诗，丰富了世界文学史，同样光彩夺目。

第四十二首·浴爱新生

守护残身伟岸躯，绕行上帝宝墩隅。

结盟天使君魂早，治病心神我意愉。

手杖新途生嫩叶，图书旧页弃空橱。

生涯复制今朝止，放眼前程握手趋。

[1] 勃朗宁夫人原诗《No.XLII》：

"My future will not copy fair my past" −

I wrote that once；and thinking at my side

My ministering life-angel justified

The word by his appealing look upcast

To the white throne of God，I turned at last，

And there，instead ，saw thee，not unallied

To angels in thy soul！ Then I，long tried

By natural ills，received the comfort fast，

While budding，at thy sight，my pilgrim's staff

Gave out green leaves with morning dews impearled.

I seek no copy now of life's first half：

Leave here the pages with long musing curled,

And write me new my future's epigraph,

New angel mine, unhoped for in the world!

[2] 翻译家邵明刚先生汉译新诗《第四十二首》：^①

"未来不可将我美貌复原"

我曾感叹；以为在我身边，

我的守护天使以其祈盼

仰望公正上帝印证此言

我终于拜倒在那御座前，

在那却邂逅你，在你心坎

近天使必有缘！天生疾患

我磨难已久，曾备受慰勉，

目睹我萌芽的朝圣手杖，

晨露嘀嗒，滋润绿叶生长。

而今，我不求前半生模样：

书页留香，久久萦绕、冥想，

为我未来墓碑撰写华章，

我的崭新天使，世事沧桑！

【张馨点评】

金风玉露一相逢，胜却人间攘攘功。

欣喜今朝推拒绝，芳心已付百年终。

———————————

① 邵明刚译，《勃朗宁夫人抒情十四行诗集》（中英对照），北京：世界图书出版公司，2015.01。

当代朦胧诗派著名诗人舒婷《致橡树》，是她的成名诗作。诗中选取两个意象"木棉"和"橡树"，象征爱情中的女性和男性。两棵树相依而存，却又独立，二者"根，紧握在地下"，表明爱情忠贞不渝；"叶，相触在云里"，象征两人彼此依偎，情真意切；"我们相互致意"，象征二人互相尊重，地位平等；"我们分担寒潮、风雷、霹雳；/我们共享雾霭、流岚、虹霓"，象征爱情中彼此相互扶持，荣辱与共。

伊丽莎白·芭蕾特·勃朗宁因身体原因以弱者姿态出现，但她的心智强大，不肯轻易被人左右。遇到爱情，开始拒绝，抵触，甚至驱赶，再到踌躇，疑虑，多次回环往复，考验，一点点地向前迈进，"为我未来墓碑再写华章，/我的崭新天使，世事沧桑！"在第四十二首情诗中，她经过反复思考，才下决心把自己交付给钟情于她的良人。

第四十三首·终身相许

> 恋君多少细思量，海阔天空万里长。
> 澎湃自由抒正义，谦虚严谨慕忠良。
> 激情难抑哀伤化，爱意羞言笃挚藏。
> 许以终身谁作证？妞维峰顶自相望。

[1] 勃朗宁夫人原诗《No.XLIII》：

How do I love thee? Let me count the ways.

I love thee to the depth and breadth and height

My soul can reach, when feeling out of sight

For the ends of Being and Ideal Grace.

I love thee to the level of everyday's

Most quiet need, by sun and candlelight.

I love thee freely, as men strive for Right；

I love thee purely, as they turn from Praise .

I love thee with the passion put to use

In my old griefs, and with my childhood's faith ；

I love thee with a love I seemed to lose

With my lost saints, – I love thee with the breath,

Smiles, tears, of all my life! – and, if God choose,

I shall but love thee better after death.

[2] 南京师范大学张媛教授翻译新诗《第四十三首》：^①

　　我有多爱你，让我细思量。

　　我爱你，尽我的灵魂所及，至深、至高、至广，

　　如它竭尽所能，探寻神意所及、神恩所在。

　　我爱你，是为日常所必须，巨细靡遗，无需言语；

　　我爱你，自由澎湃，如人们为正义而战；

　　我爱你，纯粹无瑕，如英雄不求他人崇拜；

　　我爱你，激情难抑，似旧日哀伤缠绵；

　　我爱你，以孩童般的赤子之心；

　　我爱你，这份挚爱原以为早已随那逝去的圣徒而去；

　　我爱你，以我的每次吐息，以我的笑、我的泪，

　　以我的全部生命！

　　——苍天为证，若是上帝许我呵，

　　我必爱你更甚，即使已身赴黄泉。

[3] 笃挚：dǔ zhì，指深厚真挚。明·沈德符《野获编·宫闱·英宗重夫妇》："忧患者，积年，伉俪情更加笃挚。"清·王韬《平贼议》："有良有司至，必能笃挚恻怛，开诚布公，与民相见以天。"

[4] 妞维峰：即英国不列颠岛最高山峰妞维斯山，也译为本尼维斯山（Ben Nevis），在苏格兰西部、洛恩湾的东北端，属格兰扁山脉。海拔 1343 米。南坡缓，东北坡陡。山顶终年积雪。峰顶为面积约 40 公顷

---

① 张媛译，《勃朗宁夫人十四行诗集》（英汉双语版），北京：中央编译出版社，2015.08。

的高原，上有气象台。

　　　　山盟海誓赋滔滔，相许终身此一遭。
　　　　骇俗惊人连理结，传奇世界两文豪。

　　《第四十三首》，是伊丽莎白·芭蕾特·勃朗宁最著名的一首爱情诗。此时，纯洁美好的爱情已经催开了她的生命之花，她的身体逐渐得到康复，慢慢的能站了起来，将与爱人罗伯特·勃朗宁携手走向幸福美满的婚姻殿堂。这首以爱情为主题的美妙诗歌，将整个组诗推向高潮，尤其是将真爱、至爱所蕴含的无比丰富的内涵，使用连续大胆的八个"我爱你"完美无缺地诠释，即八个独特方式抒发她激情澎湃的炽热情感：

　　"我爱你，尽我的灵魂所及。"
　　"我爱你，是为日常所必须。"
　　"我爱你，如人们为了正义而战。"
　　"我爱你，如英雄不求他人崇拜。"
　　"我爱你，似旧日哀伤缠绵。"
　　"我爱你，以孩童般的赤子之心。"
　　"我爱你，这份挚爱原以为早已逝去。"
　　"我爱你，以我每次呼吸、微笑和眼泪。"

　　最后，"苍天为证，若是上帝许我呵，／我必爱你更甚，即使已身赴黄泉。"这就是"在天愿作比翼鸟，在地愿为连理枝"。

第四十四首 · 赠花盼果

从夏至冬采花朵，芬芳鲜嫩蓄阳光。
戴镶发上精神爽，插入瓶中院室香。
回赠春藤缠玉树，刈除苦艾接檀郎。
情丝万缕双心绾，待饰新妆入洞房。

[1] 勃朗宁夫人原诗《No.XLIV》:

Beloved, thou hast brought me many flowers

Plucked in the garden, all the summer through

And winter, and it seemed as if they grew

In this close room, nor missed the sun and showers.

So, in the like name of that love of ours,

Take back these thoughts, which here unfolded too,

And which on warm and cold days I withdrew

From my heart's ground. Indeed, those beds and bowers

Be overgrown with bitter weeds and rue,

And wait thy weeding; yet here's eglantine,

Here's ivy! − take them, as I used to do

Thy flowers, and keep them where they shall not pine.

Instruct thine eyes to keep their colours true,

And tell thy soul, their roots are left in mine.

[2] 诗人翻译家文爱艺先生汉译新诗《第四十四首》：①

　　亲爱的，从炎炎夏日到隆隆寒冬

　　你采集那么多的花儿送给我

　　显然它们生长在幽密的温室里

　　并不缺少阳光和雨露的滋润。

　　那么，凭着我们共同的爱的名义，

　　请收下这发自心田的缤纷情思，

　　这在冬夏长自我心里的花朵。

　　不错，这儿的确长满了野草和苦艾，

　　期待着你来清理耕除，

　　可这儿也有玫瑰和常青藤！

　　请收下吧，如我接受你的花儿。

　　爱护它，别让它枯萎凋零，

　　关注它，别让它失去了鲜艳，

　　因为它们的根都深植于我的心中。

[3] 檀郎：指夫君或情郎。唐·温庭筠《苏小小歌》："吴宫女儿腰似束，家在钱唐小江曲，一自檀郎逐便风，门前春水年年绿。"清·陈维崧《菩萨蛮·题青溪遗事画册·读书》："竹响似行人，檀郎回顾频。"

---

① 文爱艺译，《勃朗宁夫人十四行爱情诗集》（插图本），兰州：甘肃人民美术出版社，2008.10。

　　　丝丝点点芳馨漫，体贴温柔待爱人。

　　　自赏孤花成过去，迎来四季地天新。

　　《第四十四首》，是这长篇组诗的尾声，"请收下吧，就像我惯常接受你的花。/ 好生地护养着，别让它褪落了颜色"，这是女诗人最温柔的一首情诗，交付得很温柔，绵绵情意，弥漫馨香。至此，她宣告了"爱情"战胜"死亡"，进入到了婚姻的殿堂。曾经浅浅的羞涩、懵懂的憧憬、忐忑的幻想、完美的矜持、犹疑的拒绝，甚至假意的驱赶、故意的生气……都将成为过去。走出孤芳自赏，方有四季长春。

　　四十四首情诗，每一首都是爱情心理境界的开拓，每一首都是前所未有的佳作，每一首都是诗人恋爱的见证，每一首均是赠送恋人的最好礼物，每一首都是普照世界文坛的万丈光华。

《十四行诗集》写作出版及翻译

张湘平

一、诗集写作出版

伊丽莎白·芭蕾特·勃朗宁（Elizabeth Barrett Browning）最初开始写这十四行长篇组诗，时间大概是 1845—1846 年，是在诗人罗伯特·勃朗宁三次向她提出求婚的条件下，她经过拒绝、反思、权衡，于 1846年 3 月初才慎重答应了他的求婚。就在那一段时期，她痛苦的心情逐渐变得愉悦，长期卧床的病情有了很大的起色，身心健康状况得到了迅速的改善，萎缩的生机重又显示出了生命的活力，失意的孤独生活又开启了新的希望，她开始了组诗的创作。在诗稿的最后一首诗（即第 44 首）结尾处，她留下的日期是："1846 年 9 月，温波尔街 50 号。"

她不让勃朗宁知道她在创作这组爱情组诗，只在信上隐约提到过"将来到了比萨，我再让你看我现在不给你看的东西。"1847 年初，他们已在比萨住了下来，从住所里可以望见著名的斜塔。有一天，早餐过后，勃朗宁夫人照例上楼去工作，把楼下让给勃朗宁看书写作。勃朗宁在窗前站了一会，正在凝神眺望街景，忽然觉得屋子里有人偷偷地轻轻走着，他正要回头，身子却被他的妻子拥住了。她不许他回头看她，一面却把一卷稿子塞进了他的口袋，要他看一遍，还说要是他不喜欢，就把它撕掉好了。她说罢就逃上了楼去。原来这是那完成了的十四行组诗的原稿。勃朗宁还没读到一半，就高兴地跳起身来，激动地向楼上他妻子的房间跑去。他一边跑一边嚷道："这是世界上自莎士比亚以来最出色的十四行诗！"他不敢把这文学上的无价之宝留给他一个人享受。可是勃朗宁夫人却很不愿意把个人的情诗公开发表。结果这诗集就在那年由私人（她的朋友）印行了少数本子，未标书名，只在扉页上简单地写着"十四行诗集，E·B·B 作"。

1850 年，勃朗宁夫人出版了一卷诗集，把这十四行组诗也收进在内，这是这组诗的第一次公开发表，共四十三首，还取了个总名，叫作《葡萄牙人十四行诗集》，其用意是为了掩护作者的身份，使人错位联想到这是一本翻译过来的诗集。之所以叫做"葡萄牙人"，却是偶然的，与内容无关，只是因为勃朗宁夫人曾经写过关于一对葡萄牙爱人的抒情诗（Catarina to Camoens），勃朗宁很爱这组诗，常把妻子叫做"我的小葡萄牙人"的缘故。

1856 年，前面所说的 1850 年版的诗集第三次再版，勃朗宁夫人把十四行长篇组诗作了一些文字上的修改，并把《诗集》中的另一首题为《将来与过去》的十四行诗，移放到组诗里来，作为第四十二首，这样，这组诗就有了四十四首，这个组诗就成为定本。

《勃朗宁夫人十四行诗集》（原名《葡萄牙人十四行诗集》）既是伊丽莎白最负盛名的诗集，也是一部古代爱情诗圣典，是她留给世人的清新妍丽、一往情深的恋歌集。他们俩的爱情也创造了奇迹，是世界最典型的传奇之一。诗集创作于 1845 至 1846 年间，初版于 1850 年，总计 44 首诗，都是写给恋人、年轻诗人罗伯特·勃朗宁的。勃朗宁读后坚称，这是继莎翁之后最好的英文十四行诗，不敢藏私，世人遂得以读到这一组难得的恋歌，流传至今，并将永远流传。

二、诗集世界影响

诗集真实地剖白了伊丽莎白与勃朗宁相知、相恋、结婚的曲折复杂的情感历程，洋溢着女诗人对这份迟到爱情的犹疑、痴迷、向往与坚贞。诗人在每一首诗的题旨、意象及遣词造句、结构篇章方面，都表现出了极为深厚的诗歌造诣，格调高雅而不失活泼意趣，对后来世界各国诗人的创作产生了深远的重要影响。

美国著名诗人、小说家和批评家埃德加·爱伦·坡亲自作序，高度评价了勃朗宁夫人的十四行诗集，推荐在美国出版，获得广大读者喜爱。爱伦·坡认为："勃朗宁夫人的诗歌灵感是最高的——我们无法设想出更壮丽恢宏的意境。她对艺术的感觉是纯粹的"。爱伦·坡的著名长诗《乌鸦》就借用了勃朗宁夫人诗作的音步，并在发表时题献给她。虽然勃朗宁夫人拥有最多读者的诗作是爱情诗，但她远不只是吟风弄月的诗人，她发表诗作支持废除奴隶制，她的作品影响了关于童工的立法，在女权方面她更是大胆的先驱。她曾赠诗支持法国著名女作家乔治·桑（George Sand，1804-1876），与美国作家、评论家、社会改革家、早期女权运动领袖玛格丽特·富勒（Margaret Fuller，1810-1850）会晤。美国 19 世纪最著名的浪漫主义女诗人艾米丽·狄金森（Emily Dickinson，1830-1886）承认自己的诗作深受勃朗宁夫人的影响。在华兹华斯去世之后，勃朗宁夫人曾是英国桂冠诗人的候选人。她的诗句有的已经成为英语经典，像"我如何爱你？"（How Do I Love Thee？）这样的诗句脍炙人口，人们随口引用而不记其出处，实际上正是"十四行诗集"的第四十三首。

《勃朗宁夫人十四行诗集》无疑是英国文学史和世界文学史上的珍品，和莎士比亚的《十四行诗集》相互媲美，可以说是世界爱情十四行诗集的双璧。但正如翻译家方平说："就我个人而言，我更喜爱前者。从个别的单篇来说，我们很可以举出莎士比亚的一些使人难以忘怀的十四行诗来；如果从诗集的整体看，勃朗宁夫人的爱情组诗前后贯穿、层次分明，内容集中，整体感更强。一腔幽怨，像春蚕吐丝那样，语语出自肺腑。因此更委婉亲切，更富于激情，更能打动读者的心弦。"

三、诗集中国翻译

"Sonnet"在意大利语中的原意是"短歌（little song）"，后来按它的形式译为十四行诗。诗集采用的是意大利式的十四行诗，又称彼得拉克体，与莎士比亚式的十四行诗相比，在格律上有显著的区别：前者每一首诗只押四个韵，前八行以两个包韵形式押两个韵，后六行以三个交韵形式押两个韵，即每一首诗只押四个韵，每个韵需要押三到四次，即 ABBA、ABBA、CDC、DCD；莎士比亚式的十四行诗却可以押七个韵，每个韵只需要押两次，也就是 BABA、CDCD、EFEF、GG。意大利式十四行诗的特点包括：一是韵脚少，同一个韵出现频率高，韵律明显，抑扬顿挫。二是莎士比亚式十四行诗是前十二行分为四组韵行，然后是一个对句，这个对句通常是全诗高潮，常常是全诗的小结，或是一个出人意料的转折，让读者惊喜。但是意大利式的十四行诗通常分为前八句和后六句，因此通常在全诗的中部就会出现主题的转变。三是诗人选用意大利式的十四行诗常会给英语读者一种异域情调，产生一种距离感，从而有更浪漫的意味。

勃朗宁夫人十四行诗集在出版后一直受到读者热爱，直到现在仍然是读者最多的诗集之一。许多诗人译家都曾翻译过这本诗集，最早是闻一多、穆旦翻译了诗集的部分诗章。闻一多的贡献在：一是把原作的特点最大化展现出来，包括形式上的和整体诗歌精神上的。二是译诗时，看重的除了"译"，更重要的是把"诗味"也一同带出，而在这基础上对原文稍作增减甚至更改，在他看来并不是很大的问题。三是把目光转向了音步，韵律感的转换，提到以"音尺"来表现现代格律诗的音乐美——而在翻译实践上，闻一多也正是用"音尺"来 代替"音步"的。"音尺"指的实际上是诗行中音节的自然的，基本上被意义或文法关系所形成的、时常相似的语音组合单位，和中国古典诗词中的"顿"、孙大雨的"音组"概念基本相同。以"音尺"代"音步"确实让闻一多翻译的勃朗宁夫人十四行诗有了节奏感。

1948 年，方平去厦门谋生，随身带着心爱的插图本原著《葡萄牙人十四行诗集》，参阅闻一多先生翻译的《白朗宁夫人的情诗》十首，其译诗意象饱满鲜明，很受启发；尤其第十首译诗开头五行，令人钦佩，很少有人运用严谨的格律而译得如此传神。他的译本 1955 年初版，在两年中印了三版。1958 年准备印第四版时，知识分子精神压力越来越大，他只得通知出版社停印。"文革"十年，这个翻译本出现了许多手抄本、转抄本。1981 年，他把译诗全部校订了一遍，于 1982 年 4 月由四川人民出版社出版。这个译本拥有众多读者，产生了广泛深远的影响，成了后来翻译家学习参考的榜样。

1994—1995 年，袁方远、张清福、张玉平、董莉四位毕业于二十世纪八十年代外国语言文学系的硕士研究生，受兰小宁先生之邀约，翻译《白朗宁夫人诗选》，其过程是：先将原诗散文化，再脱离原文进行诗化加工，最后对着原诗在形式上尽量接近。但在许多情况下，"意"与"形"难达一致，只好取前舍后。译本于 1997 年 8 月由花山文艺出版社出版。

2008 年 10 月，由当代著名学者、作家、诗人、翻译家文爱艺所译《勃朗宁夫人十四行爱情诗集》（插图本）由甘肃人民美术出版社出版。还有邵明刚、毛喻原等均翻译出版过《勃朗宁夫人十四行诗》。

张媛教授在 2015 年 8 月由中央编译出版社出版的《勃朗宁夫人十四行诗集》的序言中说：

> 重新翻译这本诗集，主要是因为语言本身的发展。关于格律诗的翻译，需要做一说明。之前的译家在翻译的时候都是尽量保持原诗的韵律，虽然是必要的，但显然也几乎是不可能做到的。举一个例子来说，十四行诗从韵律上讲属于五步抑扬格（Iambic Pentameter）。Iambic 指的是音步，Pentameter 指的是每行诗有几个音步。一个"iamb"是一个两拍的音步，听起来就像是"da-DUM"——也就是一个非重音音节紧跟着一个重音音节。五步抑扬格也就是说每行有五个这样的音步，读起来琅琅上口："da-DUM da- DUM da- DUM da-DUM da-DUM"。" How do I love thee? Let me count the ways."其中动词和最后一个名词是重音，其他词是非重音。但翻译过来就不可能再保留这样的音韵："我如何爱你？让我细思量"。这样的译文虽然也保留了每行诗五个字，但是"如何"和"思量"这样的词自然打破了英文的抑扬格，从而产生了汉语的联想，同样达到思致缠绵的语用效果。而这仅仅是格律诗中"合仄"的方面，"押韵"的问题显然同样困难。"I love thee to the depth and breadth and height / My soul can reach, when feeling out of sight / For the ends of Being and ideal Grace. "诗句中的"height""sight"同韵，而且这个韵脚还将用在下一个诗句，这样

才符合意大利式十四行诗 ABBA、ABBA、CDC、DCD 的韵律格式。但在汉语译文中，"高度"与"视角"根本不同韵，更不用说这两个词都不太可能放在任何一个诗句的末尾了。简而言之，保持格律诗的形式在翻译过程中基本上是不可能做到的。同时，随着语言的发展，更多的读者更习惯于更自由的诗歌形式。所以在本诗集的翻译中，译者将更开放地对待格律的问题，在有的诗作中甚至放弃十四行诗基本的格式，这是很大胆的一种尝试，提供给普通读者更亲切、更真实的阅读感受。

这种根据汉语规律、习惯放弃抱韵、交韵的做法，但不能废弃，这有利于对诗意的深刻理解和全面表达。不太局限于十四行，如第一首译成二十行，第三、第十五首译成十三行，第六首译成十一行，第七、第十六首译成十二行，第九、第十、第十四首译成十五行，第十一首译成十七行，第十三首译成十六行等，均打破了十四行形式，适应了汉诗无意则短，有意则长的要求。张媛教授这种翻译的《勃朗宁夫人十四行诗集》，是一种创新。

采用七言律诗形式翻译《勃朗宁夫人十四行诗集》，很好地利用了律诗的起、承、转、合。清代学者刘熙载在《艺概》中对此加以总结："起承转合四字，起者，起下也，连合亦起在内；合者，合上也，连起亦合在内，中间用承用转，皆兼顾起合也。"所谓"起"，就是指诗的开头。大凡经典之作，无不在如何开头上煞费苦心，故有"凤头"之说。"起"的方式很多，或以事起，或以景起。无论哪种"起"法，都力戒平淡无味，力求笔势突兀，达到振起全篇的作用。所谓"承"，即"承接"。古代诗人对"承"决不轻忽，因为"承"不仅在结构中起到"缝合""传递"的作用，更重要的是它的铺垫和蓄势，使后面的"体物言志"更有基础。所谓"转",即"转折"。"转"能使诗歌"峰回路转",曲径通幽,进入新的境界。在律诗或绝句中,"转"是诗歌结构上跌宕和作者思路上的转换。因此,"转"是关键所在。如果"转"得巧妙,给人以回环往复,摇曳多姿之感,使诗歌出现高潮。所谓"合",即诗的结尾。古人喻之为"豹尾",就是指结句要有力,或提示题旨,或耐人寻味,"言虽止而意无穷"。作者根据勃朗宁夫人十四行诗每一首的内容、意象,进行高度概括和再创造,译著成七言律诗,这是我国翻译史上的首创。

书评：雏凤清于老凤声

郭庆华

  QQ 上有诗词界的一位老朋友张馨先生打了个招呼，并传来了一本诗集样书的电子版——《勃朗宁夫人〈十四行诗集〉汉译七言律诗》，就像一缕和煦的春风吹进了我的窗口，顿时让我眼前一亮，异常兴奋，迫不及待地打开，连夜读完，总觉得意犹未尽，有话要说。这本书马上就要正式出版，我算是先睹为快了。

  张馨先生告诉我说，《勃朗宁夫人〈十四行诗集〉汉译七言律诗》是他儿子张湘平的译著作品。张湘平才是一个 27 岁的年轻人，怎么会有这么厉害的功力？待看了有关他的介绍之后，感叹之余，不得不刮目相看，真是后生可畏呀！

  原来只知道张馨先生是湖南人，印象中属于聪明过人的那种类型，是一位"非典型性"诗人。因为他是战斗在高铁建设第一线上的全国劳模、正高级工程师，是工程技术方面出类拔萃的专家，在专业领域著书立说，并拥有多项发明专利，但他同时又是一位作家、诗人，小说、散文、诗词等无不涉猎，出版作品多部，同他那位中学教师兼作家的夫人李贵耘女士珠联璧合，颇具传奇色彩。没有想到的是，毕业于天津科技大学和美国纽约州库克大学的儿子竟然完全继承了他的衣钵，同他一脉相承，小小年纪就已成就斐然了，同他几乎是一个模版做出来的，既是经济师、国家房建一级建造师，喜爱科技研究和发明创造，已经申报中国专利二十多项，又喜欢文学，创作和发表诗词、散文、中篇小说等多篇，已经出版新诗集、诗词集、译著多部。这又是一位"非典型性"诗人，一位才华横溢、被缪斯女神格外宠爱眷顾的理工男。俗话说，有其父必有其子，这不得不让人惊叹基因功能的强大和"后浪"的厉害，真是青出于蓝而胜于蓝，雏凤清于老凤声啊！惟楚有材，人才辈出，当年老诗人袁第锐先生经常提到"天下诗人半在湘"，对湖南诗人大加推崇赞赏，看来此言非虚。

前些年，我在为张馨先生的一本诗集作序时，读过他不少诗词作品，这次读了张湘平的作品之后，发现这位后生的古典文学功底一点都不次于乃翁，甚至可以说是有过之而无不及。因为张湘平这么年轻就已经有了如此深厚的修养，实在是难能可贵。回首当年，我在二十多岁时于诗词一道才刚刚入门，作品还十分稚嫩，而如今同样是二十多岁的张湘平在格律方面已经驾轻就熟十分老到了，这可能是得益于家庭环境的熏陶吧？从小就耳濡目染，家长言传身教的影响是不可低估的，就此而言，身为父亲的张馨先生也是功不可没的。

在翻译这本名著之前，张湘平已经翻译出版了《泰戈尔〈飞鸟集〉汉译七言绝句》，这是国内第一部七言绝句形式全译本。《勃朗宁夫人〈十四行诗集〉汉译七言律诗》则是张湘平用七言律诗形式翻译世界名著的又一次大胆尝试。

勃朗宁夫人原名伊丽莎白·芭蕾特，是英国维多利亚时代最著名的女诗人。《勃朗宁夫人十四行诗集》有许多中译版本，其中较为著名的有翻译家方平先生的译本。这些译本虽然大多保留了十四行诗的形式，也比较忠实于原作内容，但是没有格律甚至也不押韵，这就与诗的本质特征有所违背了，因为诗之所以为诗，首先得符合押韵要求，否则就不能称之为诗了，不入韵的诗便与散文无异，这是由文学体裁的形式决定的。翻译英文诗歌需要具备非常高妙的手段，如果嫁接不好，水土不服，其生命力也就可想而知了。

近年来，随着传统诗词的复兴，一些人开始尝试用中国传统诗词的形式来翻译外国诗歌。十年前，我曾指导我的学生王小木用诗词的形式翻译出版过一本世界著名英文诗选，并为其题名《含英咀华》。在帮她修改的过程中，我深知用诗词翻译英文诗歌的难度之大，因为一方面要忠实于原作的内容，另一方面又要套上格律的框子，要做到十分得体而不至于削足适履是非常不容易的，并不是谁都能够做到戴着镣铐跳舞而跳得曼妙迷人的。去年看到我家的洋媳妇艾米丽在微信里写的一首诗歌，颇有情趣，一时兴起，我便把这首英文诗歌翻译成了一首《浣溪沙》，反复推敲了多遍才感到有点接近原作的意思了。这是我唯一的一次尝试，但浅尝辄止了，此后再也没有继续，望而生畏，因为实在是太烧脑了，算是有自知之明吧，没有金刚钻就不能揽瓷器活。

尽管自己没有这方面的能力，但我一直主张英文诗歌的翻译最好是用格律诗词的形式，因为懂英文的人知道，英文诗歌本身是押韵的，而且像十四行这样的诗歌更是讲究，属于英文诗歌中的格律体。我最早读的十四行诗是莎士比亚的，后来又读了勃朗宁夫人等人的十四行诗，发现这种格律体的诗歌是非常讲究韵律的，用英文来读是很优美的，其诗性之美就在韵律之中。所以，只有用格律诗词的形式来翻译英文诗歌，才能实现诗歌本体意义上的嫁接转换，才不会破坏诗歌之为诗歌的本质特征和美感。退一步讲，即使用自由体的白话诗翻译英文诗歌，也最好是在韵脚处押上韵，否则简直就不能称之为诗歌了。

七律是中国传统诗歌中最典型的格律体，容量相对较大，所以用来翻译英文诗歌中的十四行诗，是相当得体的一种选择。张湘平以七律来翻译勃朗宁夫人的十四行诗，既是一种明智的选择，也是一种成功的体验。张湘平以其深厚的传统诗词功底与勃朗宁夫人的十四行爱情组诗进行了一次跨越时空的对接，从内容到形式都实现了恰如其分的转换，既严格遵守了传统诗词的格律，又在内容上做到了基本忠实，可以说是符合了"信、达、雅"的翻译标准，但在两种语言之间做到绝对的无缝隙对接是根本不可能的，也是不现实的。张湘平的高明之处就在于没有机械的仅仅从字面上去翻译，而是在吃透了原作精神的基础上，去摄取诗歌的灵魂，再给她穿上格律诗词的传统衣裳，从某种意义上说，这里边绝对离不开译者在精准把握诗歌内涵前提下的"再创作"，所以称为"译著"，而这种妙手裁剪功夫正是译者过人的地方，没有天纵之才是不可能做到的。年仅 27 岁的张湘平做到了，并且还做得相当得体，不得不让人佩服其天赋之高。勃朗宁夫人的诗歌如果说用白话自由体翻译所塑造的形象，就像一位庸脂俗粉不修边幅的村姑，那么用七言律诗所包装出来的形象，绝对是一位端庄而又娇艳的贵夫人，她头上那顶光彩夺目的桂冠，就是让我们引以为豪的格律。格律诗词的独特魅力由此可见！

有这么一位优秀的儿子，张馨先生应该是非常知足的。本书的每一首诗后都附有张馨先生的一首七言绝句作为诗评，可见舐犊情深。点评诗作与译诗珠联璧合，相得益彰，增添了本书的可读性。一些背景介绍和词语典故注解，还有一些翻译家翻译的新体诗作为参照，为普通读者阅读理解本书提供了方便，这也是本书的一大特点。中英对照，开卷有益，读者诸君一定会从中得到美的享受，让优雅的诗词浸润自己的心灵。

著名网络诗人、"李子体"创立者曾少立先生等几位诗家在序言中都已充分肯定了张湘平的创作成就，褒奖有加。作为有幸提前读到本书的我，只能是见贤思齐，逢人说项，爱才之情，溢于言表，为诗词事业后继有人而欢欣鼓舞，为这部中西合璧的诗集的出版而双手点赞。

从某种意义上说，本书的出版，是对传统诗词的一大贡献，相信一定会引起社会的广泛关注和强烈反响。在此，我也希望年轻有为、前途无量的张湘平能够谦虚谨慎，苦练内功，再接再厉，更上层楼，用自己勤勉的心血浇灌出更多美丽的诗词之花来，为我们这个社会奉献更多的精神食粮。

2021 年 1 月 26 日于河北省石家庄

【注释】

郭庆华，字天放，号虚壹斋主。1964 年 1 月 5 日生于河北藁城。《中国超人术》等文化专著和《虚壹斋诗词稿——天放韵事》等诗词集，主编有《中华传世经典文库》等多部大型图书。

后记：试操华夏古格律，译著西方浪漫诗

张湘平

犹记得年少时研读十四行诗之前，只知道这是一种意大利民歌体，后来被诗人们改编为抒情诗。欧洲文艺复兴伊始，意大利著名诗人彼特拉克（F.Petrarca, 1304—1374 年）采用这一体裁写了著名的歌颂爱情的诗集。至 16 世纪后期，英国宫廷诗人把"十四行诗"这一诗歌体裁从南欧引入英国，在英国诗坛上风靡一时。其中威廉·莎士比亚（William Shakespeare, 1564—1616 年）《十四行诗集》最为著名。此后十四行诗被英国文学史上许多享有盛名的诗人，如弥尔顿、雪莱、拜伦、济慈所喜爱。英十四行诗结构完整，幅度适中以及叙事抒情的紧密结合，使其得以广泛流传，经久不衰。诗人常常把自己想要诉说的，具有同类性质的或连续发展的内容用十四行诗的形式联系起来，形成大大小小的组诗。之后在研读前人十四行诗译文的时候，偶然翻到了伊丽莎白·芭蕾特·勃朗宁（Elizabeth Barrett Browning，1806 年 3 月 6 日—1861 年 6 月 29 日）的译本，自此结识了这个英国维多利亚时代最受人尊敬的诗人。

勃朗宁夫人的所有作品中，《葡萄牙人十四行诗集》无疑是最著名的。这本诗集出版于 1850 年，但实际上是写于白朗宁夫人结婚前，是写给心爱的男朋友勃朗宁的。在这本诗集中，共收录有四十四首十四行

诗。《我是怎样地爱你》是其中的第四十三首，也是最著名的一首。在这首诗中，勃朗宁夫人毫不隐讳的把她对于上帝和宗教的爱均献给了她的丈夫。只有经历深沉的爱情，才能写出这样极致的诗歌。

勃朗宁夫妇一起度过了十五年幸福的时光，在这十五年中，他们从不未有一天的分离。1861 年 6 月 29 日，勃朗宁夫人永别了她的罗伯特。临终之前，她并没有多大的病痛，也没有任何预感，只是觉得疲倦。那是在一个晚上，她正微笑着和勃朗宁商量着他们消夏的计划。

她和他谈心说笑，用最温存的话表示她的爱情，后来她感到倦意袭来，就偎依在他的胸前睡去了，他一直保持着那个姿势抱着她。就这样瞌睡了几分钟，她的头忽然垂了下来。

他还以为她是一时的昏晕，但是她去了遥远的另一个世界，再也不回来了。她在她丈夫的怀抱中睡了过去，她的脸上，洋溢着少女一般的笑容和快乐。也许死在自己心爱的人怀中，对于她来说是最好的归宿吧。

佛罗伦萨的人民感谢勃朗宁夫人对于意大利民族独立运动的深厚同情，以市政府的名义，在她生前所住的吉第居的墙上安置了一方铜铸的纪念牌，上面用意大利文刻着：

在这儿，E·B·B 生活过、写作过。她把学者的智慧、诗人的性灵和一颗妇女的心融合在一起。她用她的诗歌铸成了黄金的链环，把意大利和英国联结在一起。

怀着感激的佛罗伦萨谨志 1861

而在 1889 年，此时罗伯特·勃朗宁已经是七十八岁高龄的迟暮老人，而她早已离开他二十八年。他恋恋不舍把一个精雕细刻的木盒交给儿子后，同年就死在了威尼斯。儿子打开了那只木盒，里边整齐收藏着罗伯特·勃朗宁和勃朗宁夫人的全部书信。他们写下了百万字的书信，至死也不曾把情话说完，并留下了无限的思念。

在走进勃朗宁夫人的生平过往后，艳羡他们真挚、传奇和伟大的爱情，当时稚嫩的我突然有一种特别的冲动涌上心头，我要用七言律诗的格律形式再现勃朗宁夫人十四行诗集的美好，用中国传统乐器，深情地吹奏一场西方爱情交响乐，将我心中最为美好、最有感染力的十四行诗集译著给中国读者阅读、欣赏、研究和评论。但那时心有余而力不足，空有一股激情，便开始一遍一遍地品读这部世界名著，希望能够慢慢尝出一丝韵味，品出一段情缘，将目标留待将来。

书读百遍，其意自现，品读多次后，也算管中窥豹，偶有所得。十四行诗集字里行间透露着作者的内心独白和心路历程。一开始，女诗人吟思着遥远的古希腊，实在诉说着自己忧郁的时光。由于坐着躺在病床上，内心受到局限，面对"这回是谁逮住了你？猜！"的吆喝，诗人只是挣扎地答道"死"，可是，那银铃似的回音"不是死，是爱！"，从这里开始勃朗宁夫人面对"爱情"与"死亡"两个难题，挣扎在死亡的阴影里，又对爱情抱有丝丝希望，让诗人内心感到前所未有的涌动。

《第三首》译著如下：

> 天使拍肩振翅飞，惊奇瞪眼论评违。
> 君依皇后佳宾贵，我似村姑旅野微。
> 歌手成名从夜色，乐师出彩步朝晖。
> 残躯愿受尘埃没，热血常浇绿草肥。

我父亲对《第三首》的点评是：

孤立无援数爱情，死亡气息欲摧城。

名家闺秀谦卑甚，渴望才人护暖晴。

点评绝句中，"才人"是指有才能的人，有才情的人。这里是指才子罗伯特·勃朗宁。

将心比心，将自己代入那时的勃朗宁夫人的心境，诗歌行文间还带着强烈的自卑感。她考虑到各种阻挠因素：年龄偏大、疾病缠身、家庭压力等，毕竟，从世俗的眼光看来，两个身份悬殊的人无论怎样也拉不到一块儿，褴褛怎么能和华贵匹配？她的凄凉的现状又怎能向他的锦绣前程看齐？绝望的爱情，让女诗人宁愿选择前者。

然而，女诗人又不能舍弃她对罗伯特的感情，她在巨大的矛盾中不断回旋，在痛苦中反复挣扎，因而使诗歌显得波澜起伏，曲折多变。

《第五首》这样译著：

捧上吾心苦楚煎，宛如肃穆骨灰前。

整坛倾倒身边撒，一地粘连脚下燃。

抹灭晚霞穿续夜，吹燃火种野燎烟。

免烧秀发皮开绽，跺喊良人走远天。

再看我父亲对《第五首》的点评：

出声驱赶非真意，眼底温柔爱意新。

风吹烬火燃天地，照亮前程倍足珍。

在恋爱中，女诗人常常正话反说，目的是想验证自己的怀疑，或者考验对方的真心实意。

我不禁感受到女诗人当时心中定然充满着心酸和矛盾，诗人不假思索地拒绝爱情，是出于恐惧的退缩，她是不敢相信，只觉得自己是被错爱的对象，只觉得对方是一时的感情冲动。可就是她的踌躇，让罗伯特·勃朗宁看到了无私与真诚。他用炽热的情书和盛开的玫瑰，温暖她曾经受过伤害的心。

接着，在罗伯特的爱情攻势下，诗人逐渐向爱情投降。

《第十首》译著如下：

> 美好爱情如火焰，野庐圣殿待公平。
> 衰枯柴草炉膛耀，高贵松樟地表明。
> 满眼卑微随夜散，一腔信念伴晨生。
> 真情禀达祈天帝，恩准成全造物荣。

我父亲对《第十首》的点评：

> 似火情浓耀眼烧，高低贵贱不由挑。
> 两心互照从缘分，苦短人生韵律调。

女诗人的感性思维在慢慢修正，曾经紧闭的心门试图渐渐打开，信心逐步在增强。

到这里时，诗人被爱渐渐征服，知道他们之间的爱是纯洁且神圣的。他们沉入爱河，越爱越深。在诗中，可以看到诗人情不自禁的多次对爱情的呼唤、呐喊和宣言，但同时也有疑问、反复和忧虑。才人的热切的真爱表白，在解除疑虑后如携风之浪滚滚涌出，一发不可收拾。

最后，女诗人的沮丧、难过和忧郁已经抛却到九霄云外，心中已完全被真切浓郁的爱意所填充。

《第四十三首》如此译著：

        恋君多少细思量，海阔天空万里长。

        澎湃自由抒正义，谦虚严谨慕忠良。

        激情难抑哀伤化，爱意羞言笃挚藏。

        许以终身谁作证？妞维峰顶自相望。

就如我父亲点评的《第四十三首》：

        山盟海誓赋滔滔，相许终身此一遭。

        骇俗惊人连理结，传奇世界两文豪。

女诗人伊丽莎白·芭蕾特·勃朗宁通过这一首柔和缠绵的对爱情的热情洋溢的颂歌，表达了自己心目中对爱情的理解以及她对罗伯特·勃朗宁的真挚深沉的爱情。至此"爱情"已经战胜了"死亡"，也成就了世界文学史上一段唯美的爱情佳话。

如今，我亲自执笔，试图完成多年前的梦想。在这本书中，我希望用中国传统诗歌的形式，让更多的人感受到勃朗宁夫人的爱情观。

《第十四首》的译著：

        婚姻匹配有缘由，情爱家庭慎运筹。

        人面年年娇是梦，桃花岁岁笑无休。

暂揩热泪施安慰，久惯温存忘苦愁。

困顿艰难凭挺住，浅河深海永同舟。

这首诗的译著化用了原诗的意境和韵味，描绘出了诗人的思想转变阶段，经历了一个起承转合的过程。通过构思与布局，写出了层次和深度，前后贯穿，脉络分明。展现了一个感情丰富的少女内心的矛盾世界，细致唯美，热烈真切，发自肺腑。在视觉和听觉上直观地呈现了女诗人连绵不断的情致，将她对勃朗宁的感激、珍惜与爱恋传达得热烈缠绵，具有极强的艺术冲击力与感染力，令读者在阅读时心随诗动，不由自主地融入勃朗宁夫似火一般灼热，如死一般强烈的爱恋中。让读者与女诗人同喜同悲，经历爱的涅槃。伊丽莎白·芭蕾特·勃朗宁，这位身残志坚的奇女子用最真挚虔诚的笔墨谱写出了一曲曲爱的华章，也与丈夫勃朗宁成就了世界诗坛的一段爱情传奇。

《葡萄牙人十四行诗集》是勃朗宁夫人记录了这一段影响她生命历程的灵丹妙药。因为这段恋爱的激励，她后来从病床上站了起来，恢复了行走，成为又一个证明爱情伟大力量的实例。这组饱含深情又波澜起伏的十四行情诗，是英诗中最动人的一组诗歌，与莎士比亚十四行诗集，成为世界爱情十四行诗的双璧，甚至从诗歌的含蓄耐读、意境优美、前后贯穿、内容集中、整体性强等方面考察，勃朗宁夫人十四行诗集更胜莎士比亚十四行诗集。它富有勇气地探索了爱与死，刻画那些爱与死的矛盾冲突、交织变幻。对于一个因残疾在床上躺倒多年，从未有过恋爱生活的三十多岁的女人而言，死亡是照亮爱情的另一盏灯火，也是认识世界温暖的另一条道路。我愿尝试使用中国旧体七言律诗的格律与音韵，谱写出西欧勃朗宁夫人爱情的心路历程；用东方传统的管弦之乐，吹奏出西方勃朗宁夫妇如胶似漆的传奇的爱情韵律；用崭新的华夏古典文学样式，诗意再现英国维多利亚时代的经典；用东方的婉约含蓄手法，传递西式的热烈浪漫。

在本文行将结束时，对于在百忙之中阅读译著并赐序的《诗词家》编委、中南民族大学客座教授、"李子体"创立者曾少立先生，本溪市作协副秘书长和诗词学会副会长、作家张树伟先生，国家一级作家、天津市鲁黎研究会副会长、南开大学现当代诗歌教学特聘教授刘功业先生，《今日作家》报、《今日诗人诗选》主编轩扬（曹浩）先生，中华诗词学会理事、河北省诗词协会副会长、《燕赵诗词》主编、河北书画诗词艺术研究院执行院长、河北省人民政府参事室党组成员、副主任、机关党委书记、河北大学和河北师范大学兼职教授、作家和书画家郭庆华先生等深表感谢。

诗词对联家和学者冷阳春老师，生活如履薄冰，但意志坚定，知识渊博，爱憎分明，在身体残疾、常年卧病在床的困苦条件下，通过我父亲经常书信来往指导我诗词写作，对我已经出版的诗词集《丝路雅韵》和译著《〈飞鸟集〉汉译七言绝句》，不厌其烦地进行了三四遍修改校正，不放过一个错误，使出版后的诗集至臻完善。特别是对这本即将出版的《勃朗宁夫人〈十四行诗集〉汉译七言律诗》译著，不仅认真细致地进行了五次修改校正，连一个标点符号都不放过，而且通过微信和我父亲进行商讨，再查字典或者上网百度，寻找难字、难词、僻典等根据，来回书信五封，其辛苦程度和认真负责的敬业精神为我辈树立了很好的榜样。在此，我对冷老师的辛勤付出、精心指导表示崇高的敬意和诚挚的感谢！

我父亲张馨对我的文学创作从小就给予严格要求和悉心指导。从上中学开始，当我取得良好成绩或者遇到困难，他都写诗劝导、鼓励；参加工作后，要我以工作为主，那是饭碗，但业余文学爱好不能丢。我的每本书的出版，父亲都认真编辑、注释、校对，联系出版社，颇费辛苦；本书更是每首都写绝句进行点评，请专家、学者帮助写序言、评论，并督促我加强诗词学习和写作，努力提高水平。舐犊之情，多感肺腑。在此，我只有勤奋努力，才可报答于万一。

另外，本书部分引用了已故翻译家闻一多、方平和当代诗人翻译家文爱艺、教授翻译家张媛、经济师翻译家邵明刚，还有翻译家毛喻原、袁芳远、张清福、张玉平、董莉等的译作，在此，对这些译者的辛勤劳动表示衷心感谢！

2021 年 2 月 10 日于天津海河东畔